D0714441

Les apprenties déesses

MÉDUSE LA VIPÈRE

Les apprenties déesses

MÉDUSE LA VIPÈRE

**JOAN HOLUB
ET SUZANNE WILLIAMS**

Traduit de l'anglais par
Sylvie Trudeau

Copyright © 2012 Joan Holub et Suzanne Williams
Titre original anglais : Goddess Girls: Medusa the Mean
Copyright © 2014 Éditions AdA Inc. pour la traduction française
Cette publication est publiée en accord avec Simon & Schuster Children's Publishing Division, New York, NY
Tous droits réservés. Aucune partie de ce livre ne peut être reproduite sous quelque forme que ce soit sans la permission écrite de l'éditeur, sauf dans le cas d'une critique littéraire.

Éditeur : François Doucet
Traduction : Sylvie Trudeau
Révision linguistique : Féminin pluriel
Correction d'épreuves : Nancy Coulombe, Katherine Lacombe
Montage de la couverture : Mathieu C. Dandurand
Illustration de la couverture : © 2012 Glen Hanson
Conception de la couverture : Karin Paprocki
Mise en pages : Sébastien Michaud
ISBN papier 978-2-89733-801-5
ISBN PDF numérique 978-2-89733-802-2
ISBN ePub 978-2-89733-803-9
Première impression : 2014
Dépôt légal : 2014
Bibliothèque et Archives nationales du Québec
Bibliothèque Nationale du Canada

Éditions AdA Inc.
1385, boul. Lionel-Boulet
Varennes, Québec, Canada, J3X 1P7
Téléphone : 450-929-0296
Télécopieur : 450-929-0220
www.ada-inc.com
info@ada-inc.com

Diffusion
Canada :   Éditions AdA Inc.
France :   D.G. Diffusion
               Z.I. des Bogues
               31750 Escalquens — France
               Téléphone : 05.61.00.09.99
Suisse :   Transat — 23.42.77.40
Belgique :   D.G. Diffusion — 05.61.00.09.99

Imprimé au Canada

Participation de la SODEC.   SODEC

Nous reconnaissons l'aide financière du gouvernement du Canada par l'entremise du Fonds du livre du Canada (FLC) pour nos activités d'édition.
Gouvernement du Québec — Programme de crédit d'impôt pour l'édition de livres — Gestion SODEC.

À nos fantastiques admiratrices :
Ashley N., Brenda T., Emma P., Kylie O., Noelia S., Cheyanne L., Sierra G., Mona P., Jaden N., Shanna N., Justine M., Peggy H., Jae S., Laura J., Jasmine K., Diane C., Evan E., Bethany V., Farial J., Anna D., Debbie R., Kristen S., Cathy W., Kevin M., Carol S., Eleni P., Grace H., Sarah K., Meaghan M., Abby L., Becky L., Jay W., Kaitlyn G., Ariel C., Larissa J., Debbie M., Brianna J., Stefanie D., Fariha N., Sanam B., Cathy H., Carson R., Katie K., Blaze F., Lauren M., Marlo W., Shyann C., Katherine E., Shelby G., Kasia K., Emily C., Elizabeth D., Josie M., Leslie M., Camielle S., Meagan D., Holly S., Indira W., Madeline C., Annie P., Cheryl S., Emily M., Katy G., Melissa M., Rainbow D., Jenna T., Marylin R., Lorelei M., Karen M., Caitlin S., Annabelle L., Shella C., Stacey J., Tracy L., Myrna-marie C., Shay S., Hady L., Khalia H., Stormey E., Sydney L., Lilly P., Melissa Z., Claire B., Jackie M., Savannah K., Kaitlyn A., Lorelei C., Allie D., Nina C.

— J. H. et S. W.

TABLE DES MATIÈRES

Prologue

Les enfants de six ans de la classe de première année de Méduse la Gorgone à l'école élémentaire Égéenne en Grèce s'étaient moqués d'elle encore une fois, cette journée-là. Ils l'avaient surnommée « Tête de gorgonzola ». Ils s'étaient bouché le nez et avaient dit qu'elle sentait le fromage puant. Mais maintenant que l'école était finie pour la journée et que Méduse était chez elle dans sa chambre, elle prit son crayon vert préféré et une feuille de papyrus pour y dessiner. Au haut de la feuille, elle écrivit :

La reine de la haine :
Une bande dessinée hilarante
et tout à fait véridique au sujet de moi,
Méduse !

— Dans l'épisode d'aujourd'hui, se mit à dire la petite Méduse en commençant à dessiner des personnages en bâtons d'allumettes avec de grosses têtes rondes, les enfants qui m'ont taquinée à l'école seront mis à mal par mes pouvoirs magiques, car je suis la reine de la haine. Yééé ! Et aucun de ceux qui n'ont pas été gentils avec moi ne s'en sortira indemne.

Sortant la langue de côté, Méduse se concentra sur le personnage qui la représentait et qui criait après d'autres enfants.

— C'est le temps de payer votre dû, sales perdants! Parce que vous vous êtes moqués de moi, je vais maintenant vous donner des coups sur la tête.

Puis elle se dessina en train de les taper avec son arme secrète, un gros fromage magique jaune. Dans un phylactère, près de sa bouche, elle écrivit son mot magique : «Gorgonzola!» Dans le cadre suivant, tous les enfants qui s'étaient moqués d'elle avaient été transformés en fromage. Ha! Ha! Ha!

— Ensuite, moi, la reine de la haine, je cours à la maison rejoindre ma maman et mon papa, dit Méduse à voix basse. Et devinez quoi! Ils ont été par magie transformés en parents souriants qui m'accueillent à bras ouverts.

Méduse dessina cette scène en quelques coups de crayon. Il y avait sa mère et son père, qui la regardaient en faisant de grands sourires heureux. À côté d'eux, elle dessina deux filles qui lui ressemblaient comme deux gouttes d'eau, car ses sœurs et elle étaient des triplettes.

— Et les sœurs de la reine, qui ne l'ont pas aidée lorsque ces enfants se moquaient d'elle, découvrent qu'elles ont attrapé la gale, continua-t-elle. Alors maintenant, elles sont bannies de la maison et reléguées dans la niche du chien pour toujours, et la reine hérite de leur grande et magnifique chambre pour elle toute seule. Génial !

Puis elle écrivit : « Fin ».

Méduse regardait avec joie sa bande dessinée maintenant terminée. Si seulement dans la vraie vie les choses pouvaient se passer aussi parfaitement !

1

Sept ans plus tard

Assise à la dernière rangée des gradins de pierre de l'amphithéâtre extérieur de l'Académie du mont Olympe, la jeune Méduse, âgée de 13 ans, fixait avec fascination une publicité qui faisait une page complète du dernier numéro du magazine pour les jeunes,

Adozine. On y voyait une photo d'un collier scintillant auquel était accrochée une breloque en forme de cheval blanc aux ailes d'or. Ses yeux vert pâle dévoraient avec avidité l'argumentaire de vente qui l'accompagnait.

ATTENTION, MORTELS !

VOUS RÊVEZ DE DEVENIR UN DIEU

OU UNE DÉESSE ?

VOUS POUVEZ MAINTENANT RÉALISER CE

RÊVE GRÂCE AU NOUVEAU COLLIER

d'immortalisation !

ATTACHEZ SIMPLEMENT LE COLLIER

À VOTRE COU,

ET VOUS OBTIENDREZ INSTANTANÉMENT

VOS NOUVEAUX POUVOIRS !

LE PRIX ? AUSSI PEU QUE 30 DRACHMES !

Et au bas de la page, il y avait un bon de commande.

Devenir immortelle était le désir le plus cher de Méduse depuis… eh bien, depuis toujours. Elle trouvait injuste que ses deux sœurs fussent immortelles alors qu'elle-même était née simple mortelle.

Elle examina la publicité encore une fois. Elle voulait y croire, mais oserait-elle faire confiance à ces affirmations ? Et si c'était une arnaque ? Un collier à breloque de cheval ailé pouvait-il réellement être la clé de l'immortalité ?

— Ça serait surprenant ! marmonna-t-elle tout haut.

Un jeune dieu qui était assis tout près l'entendit et la regarda à la dérobée. Elle lui jeta à son tour un regard qui lui fit écarquiller les yeux et détourner la tête avec nervosité.

C'était vendredi, dernière période de la semaine, et l'amphithéâtre était rempli d'élèves immortels, tous magnifiques, puissants et incroyables, à la peau qui chatoyait légèrement. Comme elle aurait voulu leur ressembler !

Bien sûr, elle fréquentait l'Académie du mont Olympe elle aussi. Elle était l'une des rares mortelles à avoir la chance d'y étudier. Pourtant, elle n'avait pas vraiment de pouvoirs magiques comme ceux d'une déesse, malgré que d'un seul regard elle pouvait transformer les mortels en pierre. C'était au moins ça. Et elle était la seule élève qui avait des serpents sur la tête en guise de cheveux ! Regardant tout autour, elle porta la main à sa tête et se mit machinalement à enrouler l'un des serpents autour de son doigt.

Habituellement, c'étaient les pièces de théâtre scolaires que l'on présentait dans l'amphithéâtre, mais aujourd'hui tous les élèves s'étaient réunis dans les gradins à cause de la semaine de la carriérologie (ou « semaine de la boulotologie », comme l'appelaient les étudiants). Toute la semaine durant, divers conférenciers étaient venus à l'AMO pour parler de leur travail. La veille, le dieu Hermès leur avait parlé de son service de livraison par char.

Et aujourd'hui, la déesse Héra avait été invitée à venir leur parler de sa boutique de la mariée au marché des immortels. La déesse au port royal avait d'épais cheveux blonds remontés sur la tête en une élégante coiffure, et elle était très posée. Et bien qu'elle ne fût pas anormalement grande, quelque chose en elle la faisait paraître sculpturale. Probablement sa confiance en elle.

Alors qu'Héra expliquait comment elle s'y prenait pour planifier un mariage à sa boutique Les dénouements heureux d'Héra, Méduse n'écoutait qu'à moitié.

Afin de ne pas être vue d'Héra, elle se déplaça derrière d'autres élèves de l'AMO qui étaient assis devant elle.

Elle lut de nouveau la publicité en catimini. C'était à rendre fou de constater à quel point on y était avare de détails sur la manière dont fonctionnait le collier d'immortalisation, si tant était qu'il fonctionnait. S'il n'avait pas coûté aussi cher, elle aurait été tentée de risquer d'être déçue pour pouvoir au moins l'essayer. Mais 30 drachmes, c'était beaucoup, beaucoup d'argent! Son allocation hebdomadaire était de trois oboles seulement, ce qui faisait une demi-drachme.

Et pour l'instant, elle n'avait économisé que huit drachmes.

— Des questions ? demanda Héra à l'assistance.

Méduse sursauta et se pencha de côté pour regarder vers l'avant, au-delà du jeune dieu assis devant elle. Voyant que la présentation tirait à sa fin, elle déposa son magazine roulé sur le banc. Bien que les gradins fussent remplis d'étudiants, il y avait une place libre de chaque côté d'elle. Personne ne s'approchait jamais trop d'une fille qui avait des serpents sur la tête au lieu de cheveux.

Puisque la participation en classe comptait pour un tiers de sa note du cours de boulot-ologie, elle essaya de penser à une question. Mais comment pouvait-elle y arriver, alors qu'elle n'avait pas entendu un mot de ce qu'Héra avait dit ?

Méduse leva les yeux au ciel lorsqu'Athéna leva la main. Quelle mademoiselle parfaite ! Toujours la première à poser des questions en classe. Athéna n'était pas seulement la fille la plus brillante de l'AMO, elle était aussi la fille du directeur Zeus. Et sous peu, elle deviendrait aussi la belle-fille d'Héra, puisque Zeus et Héra allaient se marier neuf jours plus tard, une semaine après dimanche.

Méduse étira le cou pour regarder Zeus. Il était assis dans l'auditoire, dans la rangée du centre, regardant Héra avec adoration. Ils s'étaient fiancés peu de temps avant lors des Jeux olympiques pour garçons. Et maintenant, l'école tout entière bourdonnait de la nouvelle de leur mariage imminent.

— Qui seront vos demoiselles d'honneur? demanda Athéna lorsqu'Héra lui donna la parole.

— Je n'en suis pas encore certaine, répondit Héra. Puisque nous avons décidé de suivre la tradition, Zeus choisira sept garçons d'honneur qui choisiront chacun une fille comme demoiselle d'honneur. D'autres questions?

Les épaules d'Athéna s'affaissèrent et lorsqu'elle secoua la tête, ses longs cheveux châtains ondulèrent sur ses épaules en boucles trop jolies au goût de Méduse. Elle devait certainement être très déçue de cette réponse. Elle s'attendait probablement à avoir une place assurée parmi les demoiselles d'honneur.

Une autre déesse posa une question. Puis la pâle et mystérieuse Perséphone demanda quelque chose au sujet des fleurs pour le mariage. Apparemment, ce serait la boutique de fleurs de sa mère qui s'en occuperait.

Ensuite, Aphrodite, la plus belle déesse de l'AMO, agita sa main dans les airs. Et même de tout en haut des gradins, Méduse put voir que les ongles parfaitement manucurés d'Aphrodite étaient peints d'un bleu œuf de merle qui s'appareillait au chiton qu'elle portait. Comme Méduse plissait les yeux pour regarder les ongles de la déesse, la couleur du vernis passa du bleu au turquoise, puis au rose, pour revenir enfin à leur couleur initiale. Cela devait être chouette de posséder des pouvoirs magiques qui permettaient de modifier la couleur du vernis à ongles à volonté, pensa-t-elle avec amertume. Les déesses tenaient ce genre de choses pour acquises.

— Et comment sera votre robe de mariée ? demanda Aphrodite lorsqu'Héra lui accorda la parole.

« Pardieu », pensa Méduse.

Pas qu'elle s'en souciât, mais qu'est-ce que ces questions avaient à voir avec la boulot-ologie, de toute manière ? Il s'agissait de questions personnelles ! Ignorant la réponse d'Héra, elle prit conscience que presque toutes les filles semblaient envoûtées par toute cette histoire de mariage à la guimauve. C'était compréhensible dans le cas d'Aphrodite, puisqu'elle était la déesse de l'amour. Mais elle ne comprenait pas pourquoi cela intéressait tant les autres filles.

Elle regarda le soleil qui luisait dans les longs cheveux dorés d'Aphrodite tandis que la déesse repoussait une boucle derrière son oreille. C'était un geste typique à Aphrodite qui attirait le regard des garçons comme un aimant. Et bien que Méduse eût essayé une fois de faire la même chose avec ses serpents, cela n'avait pas eu le même effet.

Artémis, aux cheveux foncés, qui était assise dans la rangée devant celle de Méduse, semblait elle aussi s'ennuyer. Elle avait sorti quelques flèches de son carquois et en vérifiait la pointe. Méduse la comprenait. Toute cette histoire de mariage était d'un ennui mortel. Elle serait contente lorsque ce serait terminé.

Méduse avait choisi avec soin sa place dans les gradins, aujourd'hui. Examiner Athéna, Perséphone,

Aphrodite et Artémis, les déesses les plus populaires de l'école, était presque devenu un boulot à temps plein, bien qu'elle s'assurât toujours que personne ne la remarque. Et bien qu'elle ne l'admettrait jamais, elle était jaune d'envie lorsqu'il s'agissait de ces quatre filles-là. Littéralement. Sa peau, ses yeux et ses cheveux verts tiraient alors vers le jaune vert.

En plus de leur immortalité, elles possédaient deux autres choses qu'elle aurait voulu avoir dans la vie : la popularité naturelle des quatre déesses et la capacité de faire en sorte que le garçon pour lequel elle avait le béguin se mette à l'aimer elle aussi. Malheureusement, les deux semblaient hors de portée. Elle ne semblait pas être en mesure de leur faire suffisamment confiance pour laisser tomber sa réserve envers elles et devenir leur amie. Et comment devenir populaire lorsqu'on n'avait pas d'amis ? Et quant au garçon pour lequel elle avait le béguin, eh bien…

— C'est mon tour ! dit tout près d'elle un jeune dieu d'une voix excitée, mais contenue.

Elle aurait reconnu cette voix n'importe où. Poséidon. Et, tout à fait mine de rien, elle tourna la tête de son côté. Il était assis trois rangées plus bas avec deux autres jeunes dieux, Dionysos et Arès. Les mariages ne les intéressaient pas eux non plus de toute évidence, puisqu'ils étaient en train de jouer à se lancer des javelots de papier.

Poséidon visait avec soin avant de lancer un morceau de papyrus qui avait été plié en un triangle d'environ cinq centimètres de longueur. Alors qu'elle le regardait, il envoya le morceau de papyrus de l'autre côté du siège d'une chiquenaude.

— But! s'exclama-t-il en murmurant lorsque le triangle glissa entre les deux doigts de Dionysos qui servaient de poteaux de but.

Mais sa chiquenaude avait été si puissante que le petit javelot triangulaire poursuivit son chemin. Il y eut un méli-mélo pour essayer de le rattraper avant qu'il ne tombe sur le gradin inférieur, mais les garçons n'avaient pas été suffisamment rapides. Il tomba sur le sol à leurs pieds.

Avant que les garçons ne la surprennent à les regarder, Méduse se força à regarder ailleurs. Mais si elle avait pu s'y adonner sans se faire remarquer, elle aurait regardé le beau Poséidon aux cheveux blonds et aux yeux turquoise toute la journée. Sentant le regard de quelqu'un, elle leva les yeux et croisa une paire d'yeux violets. Pour une raison ou pour une autre, Dionysos était en train de la regarder. Supposant le pire, elle baissa les yeux pour s'assurer que ses sous-vêtements ne dépassaient pas.

— Alors, s'il n'y a pas d'autres questions... dit Héra, attirant de nouveau l'attention de Méduse.

Oh oh! Elle n'avait pas encore dit un mot. Rapidement, elle leva la main.

— Oui? dit Héra en étirant le cou pour la regarder.

— Pourquoi les déesses travaillent-elles? demanda Méduse. Ce sont des déesses, après tout. Elles n'ont pas besoin de travailler; elles peuvent faire ce qui leur chante!

Héra sourit, ses beaux cheveux blonds chatoyant dans le soleil d'après-midi.

— Que vous soyez une déesse ou une commerçante, être heureuse, c'est découvrir ses forces personnelles et s'en servir pour faire ce que vous aimez, que ce soit ou non du travail.

Sans attendre d'y être invitée de nouveau, Méduse prit la parole.

— Mais que se passe-t-il lorsqu'une déesse se marie ? Le directeur Zeus ne voudra certainement pas que vous continuiez à tenir votre boutique Les dénouements heureux d'Héra une fois que vous serez mariée. Comment en trouveriez-vous le temps ?

Les élèves qui étaient assis près d'elles eurent le souffle coupé par son franc-parler. Elle sentit le regard furieux d'Athéna sur elle. Mais elle était habituée à essuyer de tels regards. Elle n'avait jamais été vraiment populaire. Loin de là, en fait. Fomenter le trouble et mettre les autres mal à l'aise étaient des habiletés naturelles, chez elle. Cela faisait partie de ses forces. Elle se demanda pour quel genre de travail Héra lui suggérerait d'utiliser ces talents !

Imperturbable, Héra répondit à sa question avec sa politesse habituelle.

— C'est un choix personnel à chacune des déesses, mais pour ma part, je prévois continuer à travailler dans ma boutique.

Entendant cette réponse, Zeus fronça les sourcils et croisa les bras. De larges

bandes d'or scintillaient à ses poignets.
Après avoir répondu à quelques questions de plus, Héra descendit de la scène.
Zeus la rejoignit, gesticulant comme s'il
essayait de la convaincre de quelque
chose alors qu'ils s'éloignaient. Du haut
de ses deux mètres et plus, avec ses
muscles saillants, sa crinière rousse,
ses yeux bleus perçants et son tempéra-
ment bouillant, il avait généralement
le dessus lors de disputes. Méduse se
demanda s'il l'emporterait cette fois.

Maintenant que la conférence était
terminée, les étudiants commencèrent à
quitter les gradins. Méduse s'attardait,
attendant que ceux qui étaient devant
elle s'en aillent avant de se lever.

Descendant deux rangées plus bas, elle fit mine de laisser tomber accidentellement sa revue *Adozine* sous le banc où Poséidon était assis plus tôt. Elle se baissa et tendit la main vers le javelot de papyrus que ses amis et lui avaient laissé là. Le fourrant dans la poche de son chiton, elle prit ensuite sa revue et se releva, pour se trouver nez à nez avec Aphrodite.

Surprise, elle sursauta. Et ses 12 serpents sifflèrent de surprise, eux aussi.

— Tu veux me faire faire une crise cardiaque, c'est bien ça? dit-elle d'un ton contrarié.

Faisant un pas en arrière, Aphrodite observa les serpents avec méfiance, puis elle afficha un air déterminé.

— Nous allons prendre un lait frappé à l'ambroisie et une collation au marché surnaturel un peu plus tard. Tout le monde veut parler d'idées de cadeau de mariage pour Héra et Zeus. Tu veux te joindre à nous?

Par tous les dieux! Elle n'aurait jamais dû dire la vérité, quelques semaines auparavant lorsqu'Aphrodite lui avait demandé pourquoi elle ne l'aimait pas. Méduse lui avait alors répondu que tout semblait lui venir si facilement, simplement parce qu'elle était jolie. Que les garçons l'adoraient sans qu'elle ait besoin de faire quoi que ce soit. Que ce n'était pas juste. Elle espérait qu'Aphrodite ne la prendrait pas en pitié à cause de ça, mais elle avait l'impression que c'était le cas. Parce que depuis, Aphrodite essayait toujours de faire semblant d'être son amie et de l'inviter à se joindre à ses activités. Méduse était certaine que les autres déesses et elle ne voulaient pas vraiment qu'elle les accompagne.

— Désolée, je suis occupée, répondit Méduse sur un ton acide, bien qu'elle aurait en réalité aimé aller traîner avec elles.

— À quoi? demanda Aphrodite en mettant une main sur une hanche, comme si elle ne la croyait pas.

— Des choses.

Méduse tripotait le javelot de papyrus dans sa poche. Elle avait vraiment quelque chose à faire, mais elle n'allait pas raconter à Aphrodite de quoi il s'agissait. Parce que c'était un grand secret !

2

Le grand secret de Méduse

Pendant que Méduse se glissait hors de la rangée de bancs, Aphrodite ne bougeait pas d'un poil.

— Passe un peu plus tard, si tu changes d'i... lui lança-t-elle.

— Ouais, c'est ça, l'interrompit Méduse sans attendre qu'elle termine.

Et après avoir descendu les marches de pierre à toute vitesse, elle fila vers les dortoirs. Elle se méfiait de cette soudaine amitié de la part d'Aphrodite. Et elle n'avait certainement pas besoin que quelqu'un veuille être son ami par pitié !

Lorsqu'elle arriva dans sa chambre, au quatrième étage de l'Académie, elle déverrouilla la porte, s'engouffra à l'intérieur, puis referma la porte derrière elle. *Clic !* Elle la verrouilla. Autant qu'elle sache, elle était la seule fille de tout le dortoir qui avait mis un verrou à sa porte. Car elle n'était pas prête à remettre son intimité aux mains d'un système fondé sur la confiance mutuelle comme le faisaient les autres. Personne d'autre qu'elle n'avait mis le pied dans cette chambre depuis qu'elle était en troisième année du primaire. Pas même ses deux sœurs, Sthéno et Euryale. Et elle avait bien l'intention que cela continue comme ça.

Jetant sa revue *Adozine* sur son bureau derrière une pile de rouleaux de textes scolaires, Méduse alla s'agenouiller sur le lit qui était libre en face du sien. Comme toutes les autres chambres du dortoir, la sienne comportait deux lits à une place de part et d'autre de la pièce ainsi que deux pupitres, mais un seul de chacun était utilisé. Oh, elle avait bien eu des compagnes de chambre par le passé, mais elle les avait fait fuir l'une après l'autre.

En troisième année, on l'avait jumelée avec une mortelle du nom de Pandore. Cette fille ne faisait que poser des questions inlassablement. Cependant, Méduse avait rapidement trouvé comment de débarrasser d'elle. Elle se contentait de répondre à ses questions par d'autres questions. Par exemple, lorsque Pandore lui demandait : « Tu as fait tes devoirs ? » Méduse lui répondait : « Pourquoi me le demandes-tu ? » Et si Pandore disait : « Tu trouves que Poséidon est mignon ? » Méduse répondait par : « Et toi, tu crois qu'il est mignon ? » En fin de compte, la curieuse fillette n'en put plus et demanda à changer de chambre. À Athéna de composer avec elle, désormais.

Sa compagne suivante avait été Pheme, la déesse des rumeurs. Elle avait la bizarre habitude de souffler dans les airs en forme de petits nuages les mots qu'elle prononçait afin que vous puissiez les lire. Elle ne pouvait s'en empêcher. Mais Méduse avait toussé et toussé, et elle s'était plainte, déclarant finalement la chambre comme une chambre sans fumée et refusant de laisser parler Pheme. Et puisque cette fille vivait pour répandre des rumeurs, demeurer coite l'avait presque achevée. Au final, elle déménagea elle aussi. Maintenant, Méduse avait la chambre à elle toute seule. Exactement ce qu'elle voulait.

Elle mit la main dans sa poche et en tira le petit javelot triangulaire qu'elle avait ramassé dans les gradins. Fixant le grand tableau d'affichage accroché sur le mur à côté de son lit, elle chercha une place pour l'épingler. Elle finit par le fixer entre un emballage de gomme à mâcher à la sève de pin que Poséidon avait laissé tomber sur le terrain de jeu en troisième année et la caricature de monsieur Cyclope qu'il avait dessinée au cours d'héros-ologie de quatrième année. Voilà !

Elle recula d'un pas et observa le tableau qu'elle avait créé en hommage à son super béguin. C'était ça, son grand secret !

Un tableau d'affichage contenant chaque objet que Poséidon avait touché et laissé derrière lui en sa présence. Il y avait les prédictions des biscuits chinois Oracle qu'elle avait subtilisées de ses plateaux-repas une fois qu'il les avait rapportés sur les chariots à la cantine. On y trouvait aussi une serviette de table qu'il avait laissé tomber lors de la soirée dansante de la semaine des Héros. Il y avait griffonné quelques strophes d'une chanson qu'il écrivait pour la Voûte céleste, le groupe dont il faisait partie avec quelques autres jeunes dieux. Et tout le tour du tableau, elle avait disposé des photos de lui qu'elle avait découpées dans divers numéros d'*Adozine* au cours des années. Il avait été le premier garçon à lui dire bonjour lors de sa première journée à l'AMO, et elle l'aimait depuis ce temps-là.

En fait, il était tellement toujours présent dans son esprit qu'elle réussissait presque à entendre sa voix en ce moment même. Hé, mais un instant. C'était bien sa voix qu'elle entendait !

Elle se précipita à sa fenêtre et jeta un coup d'œil dans la cour. Il était là, se dirigeant vers les terrains de sports avec Apollon, Arès et quelques filles, dont Pandore ! Tout le monde savait qu'elle avait le béguin pour Poséidon elle aussi.

Pandore dit quelque chose, et Poséidon se mit à rire. Puis une autre fille prit la parole, et il se retourna vers elle. À sa manière d'agir, Méduse n'arrivait jamais à savoir s'il aimait Pandore ou non. Il avait dansé avec elle plusieurs fois lors de la dernière soirée dansante de l'école. Mais il fallait dire qu'il draguait toutes les filles en vue. Et il s'en tirait toujours bien, parce qu'il était si mignon et fascinant. Même Athéna avait semblé intéressée lorsqu'elle était arrivée à l'AMO l'année précédente. Heureusement, si elle avait semblé l'aimer alors, ce sentiment semblait maintenant s'être dissipé.

Méduse eut envie de grincer des dents lorsque Poséidon rit quand Pandore lui parla de nouveau. Tout ça, c'était la faute d'Aphrodite. Méduse avait ouvertement laissé savoir qu'elle aurait aimé accompagner Poséidon lors de la soirée de la semaine des Héros. Mais au lieu de quoi, ne relevant pas l'allusion, Aphrodite l'avait jetée dans les bras de Dionysos. Hum! Quelle déesse de l'amour elle faisait!

Méduse s'était prêtée au jeu, juste pour voir ce qui se passerait. Et bien que Dionysos fût très mignon, il n'était jamais sérieux. Et cela faisait de lui le contraire de Méduse. De plus, il avait porté ce stupide bandeau sur les yeux tout le temps qu'il avait dansé avec elle. Elle était presque certaine qu'il n'avait pas deviné qu'elle puisse être sa partenaire.

Pourtant, elle avait perçu les chuchotements perfides autour d'elle, bien qu'elle fît semblant de ne pas les entendre.

— Il s'est bandé les yeux pour ne pas avoir à la regarder.

Un aiguillon de douleur l'assaillit à ce souvenir, mais elle le repoussa. Qui se souciait de ce qu'ils pensaient?

L'un de ses serpents lui donna un petit coup de tête sur la joue, comme pour la réconforter.

— Vous avez faim, les amis ?
demanda-t-elle. Qui veut casser la
croûte ?

Attrapant le burger d'ambroisie
qu'elle avait fourré dans son sac au
déjeuner et les croquettes de serpent
dans le placard, elle alla s'asseoir à son
bureau.

En soupirant, elle déroula son rouleau de textes pour le cours de beautéo-
logie, la matière qu'elle aimait le moins.

— C'est le temps d'étudier, murmura-
t-elle.

Après s'être installée pour étudier,
elle prenait une bouchée de son burger,
puis lançait une poignée de pois et de
carottes séchés vers le dessus de sa tête,
en alternance. Ses serpents attrapaient

pois et carottes d'un coup sec avant qu'ils aient le temps de retomber sur le sol. Contrairement à la plupart des serpents, les siens étaient végétariens.

Un peu plus tard, elle entendit les voix d'Athéna, d'Aphrodite, de Perséphone et d'Artémis dans le couloir. Elles se rendaient au marché surnaturel, sans doute. Elle soupira encore une fois, s'apitoyant un peu sur son sort. Elle était probablement la seule étudiante de l'AMO qui étudierait ce soir-là. Tout le monde était sorti s'amuser. On aurait pu croire qu'elle s'y était habituée, depuis le temps.

Elle avait toujours dû travailler plus fort que les autres pour maintenir la cadence avec les immortels depuis son arrivée à l'AMO en troisième année. C'était son deuxième plus grand secret. Elle seule savait combien d'heures il lui fallait étudier en privé pour maintenir de bonnes notes. C'était la vraie raison pour laquelle elle avait refusé l'offre d'Aphrodite de sortir ce soir-là.

À vrai dire, elle en arrachait un peu avec les études. Elle en mourrait si quiconque l'apprenait. En fait, quelques fois, comme aujourd'hui, elle faisait exprès en classe de se montrer dissipée, par exemple en lisant un magazine, uniquement pour que les autres pensent qu'elle n'avait aucune difficulté à obtenir de bonnes notes.

Les quelques autres mortels qui étudiaient à l'AMO, comme Pandore et Héraclès, ne semblaient pas avoir trop de problèmes à suivre. Mais peut-être n'avaient-ils pas comme elle des parents abrutis et imbéciles. Bien que le père et la mère de Méduse aient engagé des tuteurs pour ses sœurs immortelles, ils l'avaient fortement dissuadée d'étudier.

— Pourquoi ne quittes-tu pas l'école pour trouver un travail comme porteuse d'eau dans la collectivité, comme tes amies ici sur Terre ? lui disaient-ils.

Mais Méduse ne les avait pas écoutés. Non, elle avait plutôt suivi ses sœurs à l'AMO, déterminée à faire des études. Elle avait de grandes aspirations, et personne n'allait l'empêcher de les réaliser !

Cependant, quelques instants plus tard, lorsqu'elle entendit les quatre déesses qui discutaient dans la cour, elle alla à la fenêtre pour les regarder avec mélancolie enfiler leurs sandales magiques et s'envoler hors de sa vue. En chemin pour avoir beaucoup de plaisir, sans aucun doute.

« Imaginons seulement que je sois une déesse, moi aussi », pensa-t-elle.

La vie serait bien plus facile. Elle aurait des pouvoirs magiques et pourrait diriger les mortels, et ils seraient obligés de l'adorer ! Et si elle était immortelle, elle aurait bien plus de chances d'obtenir les deux choses qu'elle désirait le plus. Son super béguin et la popularité!

Cela ne serait-il pas parfait? Et comment!

Retournant à son bureau, elle prit sa revue *Adozine* et fixa encore une fois la publicité du collier d'immortalisation. Au bas de la page se trouvaient les témoignages de clients satisfaits qui avaient supposément essayé le collier.

« CROYEZ-MOI. CE TRUC FONCTIONNE! »

— PEITHO

« C'EST FANTASTIQUE. VRAIMENT! »

— APATE

Bien sûr, cela semblait trop beau pour être vrai, mais et si le collier fonctionnait vraiment? Et si elle pouvait vraiment devenir immortelle?

Les ailes dorées de la breloque en forme de cheval brillaient sur l'image comme si elles lui faisaient signe de l'acheter. Elle savait que c'était probablement idiot de penser pouvoir devenir immortelle par la poste, mais elle se sentait désespérée. Ses chances de séduire Poséidon semblaient lui glisser entre les mains, et après des années passées à l'AMO, elle était loin d'être devenue populaire.

Soudain, la détermination s'empara d'elle. Elle déchira le bon de commande du collier d'immortalisation, attrapa sa plume et se mit à le remplir. Elle allait réaliser ses rêves, d'une manière ou d'une autre!

Il n'y avait qu'un seul problème, et de taille. Elle n'avait pas suffisamment d'argent pour acheter le collier. Mais elle savait qui en avait probablement.

3

L'immortalité par commande postale

— J'ai besoin d'un prêt, annonça Méduse en s'assoyant sur la chaise libre en face de ses deux sœurs au petit déjeuner le matin suivant.

Après s'être habillée et avoir nourri ses serpents, elle avait frappé à la porte de leur chambre, mais elles étaient déjà parties, alors elle était venue les rejoindre à la cafétéria.

— De quelle sorte? Un prêt de sens de l'humour? demanda Sthéno.

Bien que les trois sœurs fussent des triplettes, ayant toutes trois la peau verte, seule la peau de ses sœurs chatoyait. Étant immortelles, elles étaient des déesses, bien entendu. Fait qu'elles ne se gênaient pas de lui rappeler.

— Ou peut-être un prêt de cerveau? dit Euryale en souriant perfidement.

— Ha ha, dit Méduse en versant du lait au miel dans un bol de flocons d'ambroisie.

Simplement parce qu'elles étaient immortelles et plus vieilles qu'elle de quelques misérables minutes, elles se plaisaient à agir avec elle comme si elles lui étaient supérieures.

— Vraiment, j'ai besoin d'argent. De 22 drachmes, pour être exacte.

— Hein ? Et pour quoi faire ? demanda Euryale.

Méduse contempla ses céréales avec attention avant d'en prendre une cuillerée. Bien qu'elle mangeât la même chose que les jeunes dieux et déesses de l'école, cela ne faisait pas chatoyer sa peau et ne lui donnait pas de pouvoirs spéciaux. Malheureusement.

Peut-être devrait-elle simplement dire la vérité à ses sœurs, songea-t-elle en fixant les flocons qui flottaient dans son bol. On ne savait jamais. Lorsqu'elle s'y attendait le moins, elles se mettaient à être gentilles et à l'aider. Après tout, elle ne serait pas venue à l'AMO si ses sœurs ne l'avaient pas fait entrer clandestinement le premier jour d'école.

La préposée du comptoir d'accueil, madame Hydre, s'était emmêlée lorsqu'elles s'étaient présentées à l'Académie — trois filles identiques d'à peine huit ans. Elle avait vérifié sa liste d'admissions sur son rouleau en disant :

— Je n'ai que deux sœurs Gorgone sur ma liste. L'invitation du directeur Zeus s'appliquait à des jumelles, pas à des triplettes.

— C'est certainement une erreur, avait claironné Méduse. Je suis leur sœur, une déesse tout comme elles. Vous voyez ? Tendant un doigt, elle avait soulevé par magie le rouleau du comptoir et l'avait fait virevolter dans les airs pour convaincre la préposée qu'elle disait la vérité. Bien entendu, ses sœurs étaient celles qui avaient usé de magie en secret.

Mais lorsqu'on découvrit la supercherie plusieurs semaines plus tard,

Méduse avait déjà commencé les cours à l'AMO et récoltait de bonnes notes. Heureusement, Zeus était en mesure de reconnaître et d'apprécier les bons tours (il était réputé à cet effet sur Terre) ; c'est pourquoi il avait permis à Méduse de rester.

— La Terre appelle Tête de serpent, dit Sthéno en claquant des doigts pour capter l'attention de Méduse.

Méduse repoussa sa main puis elle prit une bouchée de céréales. Tout le monde à l'école pensait probablement que ses sœurs et elle étaient meilleures copines. Mais Sthéno et Euryale étaient plus près l'une de l'autre qu'elles ne l'étaient d'elle. Elles aimaient être plus puissantes qu'elle, alors elle doutait fortement que ses sœurs l'aident à devenir une déesse elle aussi. Et c'est pour cette raison qu'elle ne pouvait pas leur dire pourquoi elle avait besoin d'un prêt.

Se creusant la cervelle, elle essayait de penser à une explication qui convaincrait ses sœurs riches à craquer de cracher un peu d'argent. Soudainement, deux de ses serpents se penchèrent devant son visage. Ils s'entrelacèrent pour former une boucle entourant un cadeau.

«Qu'est-ce que les cadeaux ont à voir avec cette histoire?» se demanda Méduse. Puis l'un des serpents se contorsionna en forme de zigzag, ressemblant ainsi à l'un des éclairs de Zeus. Et, à la vitesse de l'éclair, elle eut une idée.

Elle remercia ses serpents en bougeant les lèvres silencieusement. Puis, elle regarda ses sœurs.

— J'ai besoin d'argent pour acheter un cadeau de mariage pour Héra et Zeus, inventa-t-elle.

— Utilise ton allocation, dit Euryale.

Méduse s'appuya sur le dossier de sa chaise en croisant les bras.

— Vous recevez une allocation trois fois plus élevée que la mienne.

Et c'était vrai. Leurs parents aimaient ses sœurs davantage qu'elle.

— Et puisque les mortels adorateurs sont toujours en train de donner des choses aux déesses, poursuivit-elle, vous n'avez besoin de presque rien. Vous devez avoir économisé des tas d'argent, depuis le temps. Allez.

— Impossible, dit Sthéno en faisant un rictus.

— Si je vous le demande avec un joli « s'il vous plaît » arrosé de nectar ? Je vais vous rembourser.

Elle n'avait pas de scrupules à les supplier s'il le fallait.

— Nan, dit Euryale en secouant la tête. Désolée.

Méduse se redressa et planta sa cuillère dans son bol, contrariée. C'était difficile de devoir toujours compter sur la bonne volonté de ses sœurs. Elles ne l'aidaient généralement que lorsqu'elles pouvaient en profiter d'une manière ou d'une autre.

« Hé ! C'est ça ! »

Elle devait leur présenter la chose comme s'il était dans leur intérêt de lui donner de l'argent.

Pensant rapidement, elle dit :

— D'accord, mais vous savez que cela vous portera ombrage si votre petite sœur n'a pas de cadeau à offrir pour le mariage, n'est-ce pas ? Cependant, je vais trouver quelque chose. Peut-être pourrais-je tricoter des chaussettes pour Zeus et Héra, ou leur préparer un bocal de confiture de pomme grenade.

Et elle soupira pour insister.

— Bien entendu, ça semblera plutôt minable, comparé aux pommes d'or magiques qu'un jeune dieu comme Héphaïstos peut fabriquer.

Sthéno et Euryale échangèrent des regards furtifs. Ha ! Elle avait réussi à les inquiéter.

« La victoire est à portée de main », pensa Méduse en mastiquant ses céréales innocemment.

Euryale se pencha en avant, posant les coudes sur la table.

— D'accord, petite sœur, je vais te dire ce que nous allons faire. Si tu promets de ranger et de nettoyer notre chambre, nous allons t'emmener au marché des immortels aujourd'hui pour aller acheter un cadeau digne de ce nom.

— Et pour ce qui est du prêt ? demanda Méduse avec espoir.

— Ne tire pas trop sur la corde, dit Sthéno. Nous allons y penser.

— D'accord, marché conclu, répondit Méduse.

Euryale se mit à glousser.

— Ha ! Ha ! Ha ! Nous nous y rendions de toute manière !

Méduse haussa les épaules. Elle y avait déjà pensé. Mais si elles s'y rendaient ensemble, elle aurait plus de

temps avec elles pour tenter de leur sou-
tirer de l'argent.

Quelques minutes plus tard, les trois
sœurs avaient terminé leur petit
déjeuner. Elles rapportèrent leur plateau,
puis se dirigèrent vers la sortie de la
cafétéria. En chemin, elles passèrent
devant une table où quelques jeunes
dieux riaient aux éclats.

— Pouvez-vous croire ça ? demanda
Arès en donnant un coup de coude à
Apollon et en lui tendant le dernier
numéro d'*Adozine* ouvert.

Apollon lut la page que lui montrait
Arès, puis il s'esclaffa lui aussi.

— Dieux tout puissants ! Les mortels sont vraiment prêts à essayer n'importe quoi pour devenir comme nous, dit-il.

De là où elle se trouvait, Méduse ne pouvait lire ce qui était écrit sur la page en question, mais elle reconnut le cheval ailé scintillant. De toute évidence, ils se moquaient de la publicité sur le collier d'immortalisation. Pourtant, leur réaction ne l'ébranla pas un instant dans sa décision de se procurer le gadget. Les immortels se moquaient toujours des mortels de vouloir devenir comme eux. Ils ne connaissaient simplement pas leur chance !

Aphrodite et Athéna arrivèrent dans la cafétéria juste au moment où Méduse et ses sœurs en sortaient. Lorsqu'elles sourirent toutes les deux à Méduse et furent sur le point de dire quelque chose, elle fit semblant de ne pas les voir et se dépêcha de s'éloigner. «Que se passe-t-il avec ces déesses, dernièrement?» se demanda-t-elle. Leur gentillesse la dérangeait.

Malgré tout, une petite partie d'elle-même se demandait ce qui arriverait si elle les saluait en retour. Eh bien, trop tard, de toute manière. De plus, et si elles la regardaient avec surprise et lui disaient qu'elles ne lui parlaient pas, mais à quelqu'un d'autre derrière elle? Ne serait-ce pas humiliant? Très humiliant, en effet.

Lorsque les triplettes Gorgone atteignirent les grandes portes de bronze de l'Académie, elles retirèrent leurs sandales ordinaires et prirent chacune une paire de sandales aux ailes d'argent dans la corbeille. Elles sortirent et descendirent les larges marches de l'escalier menant à l'AMO, s'assirent sur la dernière et chaussèrent leurs sandales. Une fois que les lacets se furent enroulés par magie autour de leurs chevilles, elles se levèrent.

Les ailes se mirent immédiatement à battre aux talons des deux sœurs immortelles. Sthéno et Euryale s'élevèrent en voletant à quelques centimètres au-dessus du sol de la cour. Mais les pieds de Méduse demeurèrent fermement plantés au sol, les ailes des sandales immobiles. Jusqu'à ce que ses sœurs viennent se placer de chaque côté d'elle et lui prennent la main.

Au contact des immortelles, les ailes des sandales de Méduse se mirent elles aussi à s'agiter.

— Wah! dit-elle avec nervosité en s'élevant entre elles.

Elle agrippa leurs mains et les serra à tel point que les articulations de ses propres mains devinrent blanches. Peu importe le nombre de fois qu'elle avait déjà volé entre elles comme ça, c'était toujours une expérience effrayante. Parce que c'étaient ses sœurs qui commandaient les sandales, et pas elle ! Les mortels pouvaient voler ainsi uniquement s'ils tenaient la main d'un immortel.

— Allons-y ! dit Sthéno.

Et sur ce, les trois sœurs filèrent au-dessus de la cour 10 fois plus rapidement qu'en marchant.

— Ne serre pas si fort, se plaignit Euryale à Méduse. Tu me coupes la circulation.

Méduse fit mine de ne pas entendre. Une fois, en troisième année du primaire, elles l'avaient accidentellement laissée tomber lorsqu'elles apprenaient à utiliser les sandales. Elle s'était écorché les genoux, et chaque fois qu'elle voyait la cicatrice sur son genou gauche, elle se rappelait à quel point elle dépendait d'elles. C'était terrible d'être dépendante à ce point. Raison de plus de vouloir devenir une jeune déesse. Elle pourrait alors s'occuper d'elle-même.

Quelques minutes plus tard, elles étaient au marché des immortels, qui était situé à mi-chemin entre l'Académie et la Terre. Un gâteau de mariage magique doté de la parole et aussi haut qu'elles les accueillit à l'entrée de la galerie commerçante.

— Si vous venez chercher un cadeau pour Zeus et Héra, dit le gâteau en montrant un magasin de cadeaux de mariage, il faut aller chez Cadeaux des dieux.

— Je parie que je ne pourrai pas acheter grand-chose avec mes huit drachmes, laissa entendre Méduse alors que ses sœurs et elle se dirigeaient vers le magasin. C'est tout ce que j'ai pu économiser.

Elle espérait ainsi qu'elles lui diraient qu'elles lui prêteraient chacune suffisamment pour acheter quelque chose de très chouette. Mais elles demeurèrent coites.

Il y avait un rouleau de papyrus affiché dans la vitrine de Cadeaux des dieux. On pouvait y lire en lettres de fantaisie dorées :

« Zeus tout puissant,
Roi des dieux

Et maître des cieux
S'unira bientôt à Héra.
Achetez ici le cadeau idéal!»

Méduse entra, suivie de ses sœurs. Chacun des rayonnages et des tables du magasin étaient couvert de splendides cadeaux de mariage disposés sur des nappes de satin blanc bordées de vraies perles. Savamment disposées parmi les cadeaux, il y avait des décorations élégantes telles que des cloches de mariage en papyrus et de grandes boîtes-cadeaux ornées de boucles et de choux élaborés. Elle se dit que les boîtes étaient vides, parce que les cadeaux qu'elles contenaient étaient présentés sur les tables.

Elle devait réellement acheter un cadeau pour le mariage, prit-elle conscience en regardant tout autour. Après tout, tout le monde savait à quel point le directeur Zeus aimait les présents.

Certains des cadeaux proposés étaient plutôt stupides, comme le couple de figurines à tête branlante d'environ 15 centimètres de hauteur habillées en mariés. « C'était probablement une idée de Zeus », pensa Méduse. Elle les imaginait très bien sur le gâteau de mariage, les têtes bougeant sur leurs ressorts chaque fois que ses pas faisaient vibrer le sol. Mais la paire d'élégants gobelets d'argent sur lesquels étaient gravées les lettres Z et H entrelacées était certainement une idée d'Héra.

Peut-être que si elle trouvait un cadeau qui coûtait au moins 30 drachmes, ses sœurs lui prêteraient les 22 drachmes qu'il lui fallait. Elle pourrait acheter le cadeau maintenant et le rapporter le lendemain pour se faire rembourser. Avec leurs drachmes et les 8 qu'elle avait déjà, elle aurait les 30 drachmes nécessaires pour acheter le collier d'immortalisation. Elle n'aurait plus besoin d'argent une fois que le collier l'aurait transformée en déesse. Car avec ses nouveaux pouvoirs d'immortelle, elle serait en mesure de faire apparaître un incroyable cadeau de mariage super fabuleux. C'était le plan parfait !

— Aidez-moi à choisir quelque chose, dit-elle en levant la main pour attirer l'attention de ses serpents.

Désireux de lui rendre service, ils commencèrent à agiter la langue vers les objets de leur choix.

— Tu es encore en train de parler à ces reptiles visqueux ? demanda Sthéno.

— Les reptiles ne sont pas visqueux, répondit Méduse en reposant le gobelet qu'elle tenait à la main. Tiens, tu veux en flatter un, pour voir ? ajouta-t-elle en penchant la tête vers sa sœur.

— Beurk! dit Sthéno en sautant en arrière. Éloigne ces choses.

Méduse sourit. Au début, elle avait cru qu'avoir des serpents en guise de cheveux serait une malédiction. Mais après que l'invention d'Athéna, le Viperlave, eut accidentellement transformé ses cheveux en serpents, ces reptiles étaient devenus ses meilleurs amis. Et ils étaient plutôt gentils et amusants. Comme des animaux de compagnie. Et si quelqu'un s'en prenait à elle, ils la défendaient en se dressant sur sa tête. Elle avait confiance en eux et, en leur présence, elle pouvait être elle-même. Ce qu'elle ne pouvait faire avec personne d'autre.

— Ne pourrais-tu pas porter un chapeau ou quelque chose comme ça? se
plaignit Sthéno en se tenant à bonne distance de Méduse.

— Ouais, ces serpents sont gênants;
et ils se moquent de nous, dit Euryale.

— Hein? dit Méduse.

— Comme ça, dit Sthéno en montrant le haut de la tête de Méduse.

Voyant un joli miroir à main délicatement travaillé, un des cadeaux qu'Héra
avait probablement choisi, elle tendit la
main pour le prendre et se regarder.
Mais heureusement, elle s'arrêta juste à
temps. Puisqu'elle était mortelle, elle
pouvait se transformer elle-même en
pierre d'un seul regard! Elle regarda

plutôt vers le haut, rabattant ses serpents sur son front comme une frange pour pouvoir mieux les voir. Ils se tortillèrent d'un air coupable sous son regard, comme s'ils venaient de faire quelque chose qu'ils n'auraient pas dû, les petits chenapans.

— Ils nous faisaient des grimaces, lui dit Euryale d'un ton irrité. Ne fais pas comme si tu ne le savais pas, ils font ça tout le temps.

Enchantée, Méduse fit un sourire à l'intention de ses serpents. À vrai dire, elle ne le savait pas, mais elle pensa que c'était amusant. Leur faisant un clin d'œil, elle les libéra, et ils se dressèrent de nouveau. Puis elle dit à ses sœurs :

— Comment voulez-vous que je le sache? Est-ce que vous pouvez voir le dessus de votre propre tête?

— Viens, Euryale. Allons chez Cléo Cosmétiques, suggéra Sthéno d'un ton blasé. J'ai besoin de poudre verte. Et je veux aller voir ce nouveau magasin, la Scène verte. Tous leurs vêtements sont verts. N'est-ce pas extra?

Cela semblait très chouette à Méduse, mais si elles partaient, elle ne pourrait plus mettre son plan à exécution. Elle essaya de trouver un moyen de les arrêter. Il fallait absolument qu'elles lui prêtent cet argent.

Mais ses sœurs poussaient déjà la porte.

— Viens nous rejoindre à l'entrée du marché dans une heure, lui lança Sthéno par-dessus son épaule.

Les deux sœurs leur firent un regard mauvais, à elle et à ses serpents, puis elles sortirent en trombe pour aller faire les boutiques sans elle.

— C'est ça. Partez donc, marmonna Méduse.

Il faudrait qu'elle les convainque plus tard de lui prêter de l'argent. Il fallait en premier lieu trouver un cadeau qui coûtait 30 drachmes. Et un autre qui n'en coûtait que huit. Puis elle leur montrerait à quel point le premier était magnifique, comparativement au deuxième. Puisqu'elles se souciaient des apparences, elles ne voudraient certainement pas que leur sœur se présente au mariage avec le cadeau le plus moche. Et lorsqu'elles céderaient et lui consentiraient un prêt, elle pourrait mettre son plan à exécution. À elle, le collier d'immortalisation !

En passant devant les figurines à tête branlante, elle leur donna un petit coup sur la tête et les regarda osciller. Puis elle les souleva, cherchant le prix. Peut-être que les figurines pourraient être son cadeau à huit drachmes.

— Hum… Pas d'étiquette, murmura-t-elle.

— Aucun de nos cadeaux n'est éti-queté. Vous devez vous adresser à moi pour connaître le prix d'un article, dit une voix rigide et officielle.

Méduse regarda autour d'elle, surprise.

— Qui a dit ça ?

— C'est moi.

Puis elle remarqua que le couvercle de la boîte décorative la plus proche s'était soulevé et qu'une marionnette en était sortie, comme un diable à ressort. Elle portait une tunique blanche avec un nœud papillon noir. Il y avait sur chacune des tables d'autres boîtes-cadeaux carrées d'environ 25 centi-mètres. Contenaient-elles aussi des marionnettes aussi utiles ?

— D'accord. Combien coûtent ces figurines à tête branlante ? demanda-t-elle à la marionnette.

— Je suis désolé, mais elles sont déjà vendues. Il faudra choisir autre chose.

La marionnette tourna son long nez vers elle et la regarda. Méduse se sentait aussi minuscule qu'un petit pois sous son regard arrogant. Et chaque fois que quelqu'un tentait de la diminuer, elle ripostait !

— Bien. C'est ce que je vais faire, Jack, dit-elle en imitant son ton snobinard.

— Pourquoi m'appelles-tu Jack ?

— Pour rien, Jack, dit-elle d'un air suffisant.

Elle prit un sac à l'allure bizarre qui ressemblait un tant soit peu au carquois qu'utilisait Artémis pour transporter ses flèches. Mais au lieu d'être fait de bois d'olivier, celui-ci était en or ! On avait délicatement gravé les exploits héroïques de Zeus sur la surface du sac.

— Qu'est-ce que c'est ? demanda-t-elle.

— Un porte-éclairs à bandoulière, répondit la boîte-cadeau.

Méduse se mit à rire. C'était certainement une idée de Zeus.

— Et à quoi cela sert-il ?

D'un ton pompeux, la boîte-cadeau commença à le lui décrire.

— Fait d'or martelé le plus fin provenant des mines de Thasos, le porte-éclairs fait 1,20 mètre de longueur et 40 centimètres de diamètre, avec une courroie tissée en filigrane de 2,40 mètres de longueur. Ce magnifique article peut contenir la force et la furie de trois éclairs dynamiques à la fois. Il…

Le diable à ressort continuait son baratin, mais Méduse réfléchissait si fort que la voix de celui-ci lui semblait venir de très loin. En passant la main sur l'or scintillant du porte-éclairs, elle se rappela que Zeus avait une fois accordé un simple vœu à Athéna. C'était un peu plus tôt au cours de l'année, alors qu'elle avait inventé l'olivier et gagné le concours d'inventions de l'école. Le vœu d'Athéna avait été la visite à l'AMO d'une ancienne amie qu'elle avait du temps où elle vivait sur Terre.

Méduse savait ce qu'elle aurait souhaité à sa place... l'immortalité! Ce porte-éclairs doré était un objet très spécial. Si elle l'offrait à Zeus, il le remarquerait certainement et voudrait la remercier. Et à cet effet, il exauçait parfois le vœu de la personne qui avait sa faveur du moment. Peut-être que ce cadeau ferait l'affaire. C'était pas mal étonnant. On ne savait jamais, avec lui.

— Est-il vendu? demanda-t-elle anxieusement.

— Non.

— Combien ? demanda-t-elle ensuite, soulagée.

— À peine 300 drachmes.

— Quoi ? riposta Méduse, les yeux écarquillés d'incrédulité.

— Il ne faut pas oublier qu'il est fait d'or pur de Thasos, l'informa la marionnette en recommençant à décrire l'objet.

Rapidement, elle reposa le porte-éclairs, et la marionnette s'arrêta au beau milieu d'une phrase.

S'éloignant, elle commença à soulever un à un les cadeaux posés sur les autres tables. Chaque fois, la marionnette à ressort sortait de la boîte-cadeau la plus près et lui donnait le prix ainsi qu'une description de l'article.

— Oh non! grommela-t-elle après que la douzième marionnette lui eut donné encore un prix tout à fait prohibitif.

Tout coûtait terriblement cher! Il n'y avait là aucun cadeau pour 30 drachmes, encore moins pour 8. Elle ne pouvait même pas se permettre d'acheter le moins cher des cadeaux, un dé à coudre en argent! C'en était fait de son plan parfait. Qu'allait-elle faire? Elle ne pouvait pas être la seule à se présenter au mariage sans apporter de cadeau du tout!

Abattue, elle se dirigea vers la sortie du magasin. À chaque pas qu'elle faisait, elle se sentait comme si elle portait le poids du monde sur ses épaules.

Scouik ! Elle cligna des yeux. Qu'est-ce que c'était que ce bruit ? *Scouik !* Il se faisait entendre à chaque pas qu'elle faisait en direction de la porte.

Lorsqu'elle poussa la porte, une voix prétentieuse se mit à crier :

— Arrêtez la voleuse !

Méduse regarda derrière et vit que l'une des marionnettes à ressort regardait dans sa direction en s'affolant.

Elle regarda tout autour. Elle était la seule cliente dans le magasin.

— Qui, moi ? demanda-t-elle en regardant la marionnette.

— Oui, toi ! Appelez la sécurité ! cria la marionnette.

— Quoi ? Pourquoi ? Je ne fais rien de mal !

Mais lorsqu'elle ouvrit grand la porte, elle entendit le terrible grincement encore une fois. Il y avait quelque chose qui la suivait. Se retournant, elle vit de quoi il s'agissait. Le porte-éclairs en or !

Elle leva la main et toucha ses serpents. Tous les 12, ils s'étaient enroulés autour de la courroie du porte-éclairs. Ils avaient dû l'empoigner lorsqu'elle était passée devant la table de présentation un instant plus tôt.

Ses serpents faisaient du vol à l'étalage !

4

Double négociation

— Lâchez ça ! dit Méduse à ses serpents en les sermonnant. Vous allez nous attirer des ennuis !

Elle secoua la tête jusqu'à ce qu'ils lâchent la courroie du porte-éclairs, qui tomba sur le sol à grand fracas.

Méduse le ramassa et le déposa sur la table la plus près.

— Voilà, le problème est résolu, dit-elle à la marionnette volubile.

Mais il était trop tard ! Les autres boîtes-cadeaux du magasin avaient toutes commencé à carillonner :

— Voleuse ! Halte-là ! Appelez la sécurité ! Attrapez-la !

Les gardes de sécurité du marché allaient être à ses trousses d'un instant à l'autre, pensa-t-elle avec effarement. Le cœur battant la chamade, elle fit la seule chose qui lui vint à l'esprit : courir.

Se précipitant hors du magasin, Méduse tourna le coin à toute vitesse, puis entra dans un magasin de vêtements et sortit par la porte de côté. Se retrouvant dans l'atrium du marché, elle s'accroupit à côté de la fontaine qui se trouvait au centre de la place. Elle se roula en boule sous un rhododendron, osant à peine respirer.

Des pas lourds s'approchaient. *Boum!* *Boum!* Des gardes de sécurité à sa poursuite, sans aucun doute. Mais comme sa peau était verte, elle se fondit dans la verdure qui entourait la fontaine. Les gardes passèrent à côté d'elle sans la remarquer!

Elle attendit que les pas s'éloignent, se demandant ce qu'elle devait faire ensuite. Devait-elle se rendre et expliquer la situation? Non, il était trop tard pour ça. Elle aurait l'air coupable, puisqu'elle s'était enfuie.

Et puisqu'elle était la seule personne à avoir des cheveux en serpents, cela ne serait pas difficile pour les gardes de la trouver une fois que les marionnettes des boîtes-cadeaux l'auraient dénoncée. Serait-elle expulsée de l'AMO pour ça? Les règles de l'école disaient claire-ment que les élèves pris à voler seraient expulsés. En réalité, c'étaient ses ser-pents, les coupables. Mais quels seraient ceux qui ne penseraient pas que c'était elle qui les avait incités à le faire?

De plus, si ses reptiles devaient aller à la prison pour reptiles, ou quelque chose comme ça, il faudrait qu'elle y aille aussi. Ils faisaient partie intégrante de sa tête, après tout. Pardieu ! Il fallait qu'elle sorte de là avant qu'on les rattrape !

Lorsque la voie fut libre, Méduse attrapa un pot de fleurs vide qui se trouvait à proximité, le retourna et le posa sur sa tête.

« Mes sœurs seraient enchantées de voir que je porte un chapeau, pensa-t-elle avec hystérie, même s'il est en terre cuite ! »

Espérant que le pot de fleurs la rende méconnaissable, elle se glissa hors de l'atrium. Comme elle se dirigeait dans la direction opposée à celle prise par les gardes, elle se força à marcher calmement pour passer inaperçue. Une fois qu'elle atteignit l'entrée principale, elle déposa le pot de fleurs sur le sol et sortit en flèche.

Combien de temps lui faudrait-il attendre ses sœurs? se demanda-t-elle. Cela faisait-il une heure qu'elles étaient parties?

Soudainement, elle entendit un cri. Deux gardes sortirent en trombe de la galerie marchande. Il fallait qu'elle s'en aille de là! Si seulement elle possédait les pouvoirs magiques pour faire voler les sandales ailées. Honnêtement, être mortelle était parfois franchement désagréable!

Elle tourna le coin à toute vitesse. Un peu plus loin devant, elle vit un magnifique char argenté avec de puissantes ailes blanches. De nombreux petits tubes de papyrus étaient empilés dans le char. Le service de livraison Hermès! Elle s'y précipita et plongea au milieu des tubes, qui se révélèrent en fait être de petits rouleaux d'environ 25 centimètres chacun. Elle s'enfonça dans les centaines de rouleaux pour s'y enterrer. Une fois qu'elle fut complètement recouverte, elle lissa ses 12 serpents vers l'arrière. Puis elle les attacha en une queue de cheval basse sur sa nuque afin qu'ils ne puissent pas révéler sa cachette.

Les gardes passèrent à côté du char en courant, et le son de leurs pas s'atténua graduellement à mesure qu'ils s'éloignaient.

— On l'a échappé belle, les amis, sermonna-t-elle doucement ses serpents. Je sais que vous essayiez simplement de m'aider, mais le vol à l'étalage pourrait nous faire expulser de l'Académie. Promettez-moi de ne jamais, jamais, jamais plus faire quelque chose de si stupide.

Les serpents s'enroulèrent autour de son cou, ce qui était leur manière de lui demander pardon. Puisqu'ils avaient l'habitude de faire une sieste au milieu de la journée et qu'ils étaient épuisés par les événements de la matinée, ils s'installèrent pour s'endormir. Méduse repoussa quelques rouleaux et jeta un coup d'œil à l'arrière du char. Aucun garde en vue.

Mais elle avait trouvé une bonne cachette. Elle allait y rester jusqu'à ce qu'elle soit absolument certaine que la voie était libre. Et en même temps, elle pourrait continuer de surveiller l'entrée de la galerie marchande pour voir si ses sœurs arrivaient.

L'un des rouleaux crème toucha sa joue, et elle le repoussa. Elle remarqua que tous les rouleaux étaient identiques. Les adresses étaient écrites en lettres dorées et scintillantes, et les rouleaux étaient attachés au moyen d'un ruban or.

Elle en déroula un et le lut :

Vous êtes par la présente invité
à l'illustre mariage
du puissant

Zeus,

roi des dieux et maître des cieux,
avec

Héra,

bientôt reine des dieux et maîtresse
adjointe des cieux.
La noce aura lieu
dimanche prochain à midi.
Ne songez même pas à arriver en retard !

Il s'agissait des invitations au mariage de
Zeus et d'Héra ! Lorsque Méduse lâcha le
rouleau, il s'enroula par magie avec un
bruit sec et le ruban se noua tout seul.

Hermès avait certainement prévu de livrer les rouleaux partout sur le mont Olympe et sur Terre. Elle examina les adresses de quelques-uns des rouleaux. Certains étaient adressés à des dignitaires et à des hauts fonctionnaires, et d'autres étaient destinés aux familles et aux amis du couple.

Entendant un léger battement qui devenait de plus en plus fort, elle tendit l'oreille. Quel était ce son ? Elle s'interrogea pendant au moins une minute avant de comprendre. Il s'agissait des ailes du char !

Avant qu'elle puisse en descendre, le char fit un grand bond en avant.

— À tire d'ailes! cria Hermès, ce qui fit se soulever le char dans les airs.

Woush! En un instant, ils montaient en flèche vers le ciel. Méduse glissa de côté, puis elle fut projetée vers l'arrière alors qu'ils s'élevaient encore plus haut, naviguant dans les nuages.

— Attendez! protesta-t-elle, mais elle était si profondément enfoncée dans les rouleaux que l'on n'entendit qu'un son étouffé.

Pas étonnant qu'Hermès ne l'ait pas entendue. Elle essaya de se sortir de la mer de rouleaux d'invitations, mais c'était comme essayer de sortir de sables mouvants!

— Attendez ! cria-t-elle de nouveau lorsqu'elle réussit enfin à sortir la tête.

Le char vacilla terriblement alors que des mains tâtaient l'arrière du char et l'attrapaient par les épaules, la tirant de sous les rouleaux, jusqu'à ce qu'elle se retrouve nez à nez avec un dieu qui portait une casquette ailée. Bien entendu, il s'agissait d'Hermès. Et il n'avait pas l'air très content.

— Haha ! Je me demandais, aussi, pourquoi mon char ne glissait pas aussi bien que d'habitude, lui dit-il. Trop de poids. Tu sais le sort qui attend les passagers clandestins, n'est-ce pas ?

Soudain, elle se trouva suspendue dans les airs à l'extérieur du char, sans rien d'autre que les nuages sous ses pieds et le vent qui faisait battre son chiton contre ses jambes. Elle s'attendait que d'un instant à l'autre il s'écrie : « Méduse, par-dessus bord ! » et qu'il la laisse tomber. Et ses serpents et elle ne seraient alors plus qu'un souvenir.

— Non ! Je n'ai pas fait exprès d'être passagère clandestine, protesta Méduse. C'était par accident ! Ramenez-moi au marché des immortels ou, encore mieux, à l'AMO. S'il vous plaît.

— Ça n'arrivera pas. Je suis déjà en retard. Mes livraisons de marchandises

ont été retardées jusqu'à ce que j'aie terminé de distribuer toutes les invitations
au mariage de Zeus, dit Hermès en montrant du menton les rouleaux qui rem-
plissaient son char.

— Je pourrais vous aider, lui
offrit rapidement Méduse. Je laisserais
tomber les invitations pendant que vous
conduisez.

Il fronça les sourcils en réfléchissant
à sa proposition.

— Cela accélérerait certainement les
choses, dit-il enfin.

— Ouais, et après, vous pourriez me
déposer à l'AMO pour me remercier,
d'accord ?

— Marché conclu.

Et en hochant la tête, Hermès la tira à l'intérieur du char.

Méduse passa le reste de la journée à voler au-dessus de montagnes violettes et de mers d'un bleu éclatant, jetant çà et là des invitations. Ses serpents s'amusaient ferme et se révélèrent très utiles en l'aidant à lancer les petits rouleaux dans les boîtes à lettres.

Lorsqu'Hermès arriva sur la côte de la mer Égée dans un centre commercial à ciel ouvert appelé une « agora », Méduse était fatiguée et affamée. Tout comme ses serpents.

— Pourquoi nous arrêtons-nous ici ? demanda-t-elle en regardant tout autour.

C'était la ville d'où elle venait ! Où elle était née et avait vécu jusqu'à ce qu'elle parte pour l'AMO. Elle n'y était pas revenue depuis, et c'était sans doute le dernier endroit sur Terre où elle voulait se trouver. C'est pourquoi les paroles que prononça Hermès ensuite la remplirent d'effroi.

— Tu dois descendre, dit-il. Le reste de ces invitations est destiné à des contrées trop magiques pour que tu puisses les visiter. Aucun mortel n'y est admis.

Il la prit par le dos de son chiton et la déposa sur le sol.

Elle s'agrippa au côté du char et essaya d'y remonter.

— Non ! Attendez. Et votre promesse de me ramener au mont Olympe ?

Hermès lui fit un petit salut moqueur.

— Je vais t'y emmener comme promis, mais pas avant demain.

— Et que suis-je censée faire d'ici là ?

Il haussa les épaules en prenant son envol.

— Tes parents habitent bien ici, n'est-ce pas ? Va chez eux ce soir et profite de ta visite. Mais sois ici même à 9 h précises demain matin lorsque je passerai te prendre sur le chemin du retour vers l'AMO. Si tu n'es pas là, je repartirai sans toi.

Et lorsqu'il s'éleva plus haut, Méduse sauta en arrière pour éviter d'être frappée par les énormes ailes blanches accrochées sur les côtés du char, qui avaient déjà commencé à battre.

Regardant Hermès s'éloigner, elle sentit son cœur chavirer. Elle ne voulait pas être là où elle se trouvait.

Soudainement, son estomac se mit à gronder. Des vendeurs de nourriture dans l'agora étaient en train de cuire du pain, et l'odeur du pain chaud embaumait. L'heure du déjeuner était dépassée depuis longtemps, et ses serpents étaient ramollis. Ils étaient affamés eux aussi.

— Allez, venez, les gars. Allons manger.

Rapidement, elle mit la main dans sa poche et enfila les lunettes antipierre qu'elle avait toujours sur elle. Athéna les avait inventées pour que les mortels puissent les porter en présence de Méduse afin d'éviter d'être transformés en pierre. Mais Méduse avait découvert que lorsqu'elle en portait elle-même, son regard ne transformait personne en pierre. Peut-être cela la protégerait-il elle aussi de son reflet dans le miroir, sauf qu'elle n'avait jamais eu le courage de se regarder dans un miroir pour le savoir !

Néanmoins, alors qu'elle déambulait dans l'agora, les mortels se baissaient et allaient se mettre à l'abri lorsqu'ils la remarquaient. De toute évidence, ils s'imaginaient sans doute qu'elle aurait pu tout d'un coup enlever ses lunettes et les transformer en statues. Cette crainte était un peu gênante. Blessante, même. Non, elle était simplement faible parce qu'elle avait faim ; ce qui expliquait pourquoi elle se sentait si bizarrement vulnérable.

Faisant un sourire mauvais aux passants qu'elle croisait, elle faisait mine d'être contente de leur avoir fait une telle frousse. Et une petite partie d'elle-même était réellement contente. Après tout, transformer les mortels en pierre était la chose qui se rapprochait le plus de la magie des immortels !

L'agora était tout aussi bruyante que dans son souvenir. Les marchands vendaient des produits qui provenaient des

bateaux faisant le troc de marchandises ;
des draps d'Égypte, des épices de l'Inde
et des dattes de la Phénicie. Des crieurs
annonçaient les soldes et les aubaines.
Un vendeur annonça que du poisson
frais venait d'arriver des bateaux ancrés
dans le port. Les prix n'étaient jamais
fermes, et un peu partout les acheteurs
négociaient à voix haute avec les marchands. Les plus riches d'entre eux
tiraient leur argent d'une bourse, mais
les pauvres transportaient leurs quelques
pièces entre leurs dents pour les protéger
des voleurs.

Et bien que Méduse était affamée,
ses serpents passaient en premier. Elle
acheta quelques pois secs à un étal et

commença à les lancer dans les airs, en continuant à regarder les boutiques. Ses serpents attrapaient les pois en claquant la mâchoire, les avalant ensuite goulument. Lorsqu'il ne resta plus de pois, elle bifurqua pour prendre une allée différente. Entendant des murmures, elle regarda par-dessus son épaule et vit qu'un groupe de villageois la suivaient. Ils étaient fascinés à la vue de ses serpents et de la manière dont elle les nourrissait.

— Le spectacle est terminé! lança-t-elle.

Faisant un rictus, elle fit fuir tout le monde. En continuant à sillonner l'agora, elle remarqua une foule rassemblée dans une des boutiques. Ce magasin n'était pas là avant qu'elle quitte le village. Sur l'enseigne au-dessus de la porte, on lisait « DEVENEZ UN HÉROS ! » Au même moment, son estomac gargouilla de nouveau.

« Miammm, des sandwiches héros », pensa-t-elle.

Mais lorsqu'elle entra, elle découvrit qu'il s'agissait d'une boutique de cadeaux et non d'un restaurant. Pourtant, on vendait un peu de nourriture dans la boutique, notamment des sandwiches héros. Elle en acheta un et commença à le grignoter, remarquant sur l'emballage un visage familier. C'était celui d'Héraclès, un mortel qui fréquentait lui aussi l'AMO.

En fait, tout ce qui était sur les rayonnages de cette boutique arborait le visage, le logo ou l'autographe d'un quelconque héros mortel. Il s'agissait pour la plupart de héros de la guerre de Troie. Elle vit le portrait d'Ulysse sur une tunique et le visage de Pâris sur une boîte de bonbons en forme de cœur.

— Bienvenue ! Méduse, c'est bien ça ? Impossible de te manquer, avec tes serpents, dit une voix derrière elle.

— Qwa ? répondit Méduse, la bouche pleine.

Se retournant, elle vit un petit homme rondelet avec des cheveux noirs lissés vers l'arrière et une moustache enroulée en boucles rigides de chaque côté de sa bouche. Il salua bien bas, et elle cligna les yeux de surprise. Elle n'avait jamais vu auparavant quelqu'un porter une tunique à damier jaune et noir.

— Comme c'est fabuleux que tu sois venue dans ma boutique ! Quel honneur !

Et pendant qu'il parlait, il faisait de grands gestes des bras comme un magicien.

— Ah ! mais permets-moi de me présenter, poursuivit-il. Monsieur Dolos, à votre service.

Il se pencha encore une fois bien bas.

— Maintenant, fais vite. Viens par ici. Il n'y a pas de temps à perdre. La renommée et la fortune t'attendent !

Méduse avala sa dernière bouchée de sandwich. Elle se fichait de la renommée, mais le mot « fortune » l'attirait comme le miel attire une mouche. Abandonnant sa réserve naturelle, elle le suivit dans le magasin, zigzagant dans la foule des clients. Passant derrière le comptoir, il commença à fouiller dans une boîte de papiers sur une étagère.

— Ah, voilà !

Il fit glisser un rouleau vers elle sur le comptoir. Il y avait le mot « contrat » au haut, mais sa main couvrait la plupart des autres mots. De son autre main, il lui tendait une plume :

— Tu n'as qu'à signer sur la ligne pointillée, et la renommée et la fortune t'attendent !

Méduse hésita.

— Et de quel genre de fortune parlons-nous ?

Il se pencha derrière le comptoir et en tira un sac rempli de pièces.

— Vingt drachmes.

Elle écarquilla les yeux, et il sourit, faisant apparaître une rangée de dents en or scintillantes.

— Et ce n'est qu'un début, ajouta-t-il.

— Et que dois-je faire ?

— Rien du tout ! En signant, tu m'accordes le droit d'utiliser ton portrait. Et je m'occupe du reste. Imagine un peu ! Les produits que tu endosseras seront vendus dans ce magasin, aux côtés de ceux du fameux héros Ulysse.

Il agita une main gantée pour montrer les étalages partout dans le magasin.

— Vous voulez dire qu'Ulysse et tous ces héros mortels vous ont cédé les droits d'utilisation de leur image sur tous les produits que vous vendez ? Y compris Héraclès ?

Méduse avait du mal à croire qu'Héraclès ait pu faire ça.

— Mais bien sûr !

Il poussa le contrat et la plume vers elle.

Elle pencha la tête vers lui et le regarda.

— Ne devrais-je pas le lire avant ?

Il tortillait une pointe de sa moustache entre deux doigts.

— Ah! Je vois que tu es une fille intelligente! Mais je t'assure qu'il s'agit d'une simple entente ordinaire. Tu m'accordes le droit d'utiliser ton image, et je vends des produits qui l'affichent. C'est aussi simple que ça! dit-il en lui faisant un clin d'œil.

Ses serpents agitaient la langue en sa direction, ce qui signifiait qu'ils ne lui faisaient pas confiance. Et de manière générale, ils ne se trompaient pas sur les gens, mais elle était aveuglée par l'appât du gain et ne tint pas compte de leur avertissement.

— Calmez-vous, leur murmura-t-elle.

Si Héraclès avait signé un tel contrat, c'est que tout devait être conforme, n'est-ce pas ? Alors, pourquoi ne signerait-elle pas elle aussi ?

Mais elle hésitait encore.

— Tous ces produits présentent des héros. Et moi, je ne suis pas une héroïne, dit-elle.

— Ah, mais je crois que ton image fera en sorte que les mortels se sentiront comme des héros !

— Vraiment ?

Méduse ne pouvait s'empêcher de se sentir flattée.

Monsieur Dolos hocha la tête d'un air tout à fait sincère. Il se pencha vers elle, en murmurant cette fois.

— Entre toi et moi, je crois que des produits portant ton image vont couper le souffle à mes clients. Tu deviendras un grand succès!

— Dans ce cas, lui dit-elle, se rappelant que tous les gens dans l'agora marchandaient, je veux avoir 30 drachmes.

Sans hésiter une seconde, monsieur Dolos prit un autre sac légèrement plus petit sous le comptoir et le déposa à côté du premier.

— Voilà. Ceci n'est qu'un acompte. Chaque fois que je vendrai ton image, tu obtiendras plus d'argent. Et ça monte vite, je t'assure. Il y a beaucoup d'argent à faire dans la vente de produits fabriqués sous licence.

Cet homme était fou de penser que les gens voudraient acheter des produits sur lesquels on voyait son visage. Habituellement, ils se sauvaient d'elle. Mais qui s'en souciait! S'il voulait lui donner 30 drachmes juste pour mettre son nom au bas de la page, pas question qu'elle refuse. Éblouie par ses arguments et son or, Méduse signa.

— Félicitations! lui dit-il en faisant disparaître le contrat avant même que l'encre ait le temps de sécher.

Quelques minutes plus tard, elle quittait la boutique, 30 drachmes en poche et un sourire accroché au visage. Wow, quelle bonne affaire elle venait de réaliser!

— Hé! mais c'est Gorgonzola! entendit-elle crier quelqu'un.

En une seconde, son sourire s'effaça. Regardant par-dessus son épaule, elle vit un groupe d'élèves de son ancienne école. Arrrgh. Elle détestait ce surnom. Le gorgonzola était une sorte de fromage puant, et comme son nom de famille était Gorgone, les jeunes l'utilisaient pour se moquer d'elle. Pourtant, personne n'avait taquiné ses sœurs immortelles, de peur d'être condamné à l'oubli.

Eh bien, maintenant, elle avait sa propre arme : son regard qui pouvait les pétrifier. Et elle allait leur montrer!

Se dirigeant droit vers le groupe de jeunes, elle posa la main sur ses lunettes antipierre, faisant mine de vouloir les enlever.

— Ai-je bien entendu quelqu'un dire qu'il aimerait être transformé en statue de marbre ? leur cria-t-elle à son tour.

Ils se sauvèrent en poussant des hurlements.

— Hum, c'est bien ce que je pensais, dit Méduse d'un air satisfait en les observant et en faisant un sourire mauvais.

5

On n'est jamais aussi mal que chez soi

— Je suis là ! annonça Méduse en ouvrant à la volée la porte d'entrée de la petite maison où elle avait grandi.

Sa mère leva les yeux du ragoût aux algues qu'elle était en train de préparer.

Méduse plissa le nez. Elle détestait le ragoût d'algues. Le ragoût à l'ambroisie de l'AMO était beaucoup plus savoureux.

Céto, sa mère, la regarda d'un air inquiet.

— Duduse? Pourquoi es-tu à la maison et pas à l'école? Qu'est-ce qui se passe? Est-ce que tes sœurs vont bien?

Elle approcha en se dandinant. Il n'y avait rien qu'elle pouvait faire pour marcher normalement, car elle était un monstre marin. Elle ne pouvait marcher qu'en se dandinant ou en glissant, lorsqu'elle était sur la terre ferme. Mais dans la mer, elle pouvait nager comme un poisson. Méduse et ses sœurs avaient hérité de ses talents en natation.

— Sthéno et Euryale vont bien, dit Méduse en regardant à la ronde. Et je vais bien aussi, si ça intéresse quelqu'un, ajouta-t-elle à voix trop basse pour que sa mère puisse l'entendre.

La maison était exactement comme elle l'avait laissée des années auparavant pour suivre ses sœurs à l'AMO. Elle n'y était jamais revenue depuis, pas même pendant les vacances. Un mur entier de la cuisine était recouvert des médailles de natation et des prix scolaires que ses sœurs avaient gagnés au fil des années. Aucun de ceux que Méduse avait gagnés n'était là, mais elle ne s'était pas attendue à les y trouver. Ses parents n'avaient jamais caché qu'ils aimaient ses sœurs plus qu'elle.

— Phorcys! La plus jeune de tes filles est finalement venue nous rendre visite, cria sa mère vers le salon. Que penses-tu de ça?

Lisant une revue en rouleau assis dans son fauteuil préféré, son père, Phorcys, se contenta de grogner sans même se retourner. C'était un marsouin, et le langage de ces cochons de mer se limitait à des grognements.

— Veux-tu bien me dire ce que tu as fait à tes cheveux? lui demanda sa mère avec horreur en semblant tout juste remarquer les serpents. C'est une nouvelle mode? Ou quelque chose comme ça? Avoir des cheveux ordinaires comme tout le monde, ce n'est plus assez bien pour toi maintenant que tu vas à l'école avec des immortels?

— C'était un accident, dit Méduse en se versant un verre d'eau du pichet qui était posé sur le comptoir. Une erreur d'invention.

— Eh bien, tu as l'air ridicule. J'espère sincèrement que tu ne vas pas les laisser comme ça.

Méduse haussa les épaules et posa son verre. Elle doutait que ses cheveux changent un jour, peu importe ce que désirait sa mère. Athéna lui avait dit qu'il n'y avait aucun moyen d'inverser les effets du Viperlave (qu'Athéna avait nommé à l'origine le Pervilave).

— Alors, comment ça se passe à l'école ? demanda sa mère. Es-tu finalement revenue à la raison et t'es-tu rendu compte que ta place était ici en Grèce avec les autres mortels ? Il était temps. Je ne sais pas pourquoi tu avais de telles folles ambitions prétentieuses au départ. Comme je te l'ai toujours dit, peu importe à quel point tu étudies, tu ne seras jamais immortelle.

— Merci, maman, dit Méduse en levant les yeux au plafond. C'est gentil à toi de me dire quelque chose que je ne sais pas déjà.

Mais sa mère ne releva pas le sarcasme et continua à bavarder.

— Quoi qu'il en soit, je suis heureuse que tu sois ici, dit-elle.

— C'est vrai ? dit Méduse en relevant la tête de surprise.

Ses parents étaient toujours heureux de voir ses sœurs, mais ils se fichaient pas mal d'elle. En fait, ils ne lui avaient pas écrit une seule lettre depuis tout le temps qu'elle était à l'AMO.

— Oui, j'ai emballé toutes les vieilles affaires que tu as laissées dans ta chambre, continua sa mère. Nous prévoyons l'utiliser comme espace de rangement. Puisque tu es là, tu pourrais m'aider à apporter les cartons à l'ouvroir pour les pauvres.

— Tu te débarrasses de mes affaires ?

Alarmée, Méduse n'attendit même pas la réponse de sa mère. Elle traversa en trombe la cuisine et le salon pour aller dans sa chambre. En chemin, elle passa devant des dizaines de dessins et de peintures de ses sœurs. Il y avait des cadres sur le manteau de la cheminée, d'autres sur des étagères ou des petites tables. Mais il n'y avait aucun portrait de Méduse.

Sa chambre d'enfant était aussi petite qu'une penderie. Pas étonnant, parce qu'avant sa naissance, cette pièce avait été un placard. Il n'y avait pas de fenêtres ; elle alluma donc une chandelle avant d'y entrer.

Bien entendu, toutes ses affaires avaient été mises dans deux cartons, qui étaient posés au milieu de la pièce. Le lit, qui remplissait presque toute la pièce, était déjà parti. Posant la chandelle dans un chandelier, elle s'agenouilla et ouvrit le premier carton. Il était rempli de vieux vêtements et de sandales qui ne lui allaient plus. Elle le referma et ouvrit le second.

Celui-là était rempli de trésors. Il y avait les vieux coquillages qu'elle avait collectionnés, une pièce ancienne qu'elle avait trouvée sur le rivage et une poupée sirène qu'elle avait fabriquée avec des brindilles et des herbes marines. Il y avait des centaines de dessins qu'elle avait faits en première et en deuxième année du primaire, avant de quitter la maison.

Méduse continua à fouiller, cherchant jusqu'à ce qu'elle trouve un groupe de rouleaux en particulier. Elle les déroula sur le sol et examina l'une des nombreuses bandes dessinées intitulées *La reine de la haine* qu'elle avait créées lorsqu'elle était petite. Elle était la vedette de chaque histoire. Une superhéroïne!

Ses dessins étaient principalement faits de personnages bâtons avec une tête en forme de O. Mais elle leur avait ajouté des petites touches spéciales pour les caractériser. Les bandes dessinées étaient presque comme un journal personnel, parce que les dessins montraient des choses qui lui étaient arrivées lorsqu'elle habitait encore à la maison.

Même avec la chandelle, elle pouvait à peine voir dans la chambre obscure. Prenant la pile de rouleaux de BD et la chandelle, elle traversa le couloir et alla dans la chambre que ses sœurs avaient partagée. Rien n'y avait changé depuis qu'elles avaient quitté la maison. Leurs dessus-de-lit verts à froufrous étaient fraîchement lavés, au cas où elles viendraient en visite. Leurs livres, leurs jouets et leurs poupées étaient toujours sur les étagères qui avaient récemment été époussetées.

Méduse entra et se laissa tomber sur l'un des lits faits à la perfection. Couchée sur le ventre, elle commença à lire les BD.

Ses serpents les regardaient eux aussi, comme s'ils avaient été curieux de savoir de quoi avait été faite son enfance.

En tant que reine de la haine, elle utilisait une chose qu'elle appelait la « magie de recouvrement » pour faire payer les ignobles petits scélérats. (Dans son cas, les scélérats étaient tous ceux qui ne la traitaient pas bien.) Son arme était un fromage magique. Lorsqu'elle le tenait bien haut et criait « gorgonzola », ses ennemis se transformaient en fromage.

Elle n'était pas certaine de savoir pourquoi elle avait choisi que sa reine-héroïne crie cet horrible surnom, puisqu'elle le détestait tant. Peut-être était-ce parce que l'utilisation de ce mot contre ses ennemis lui enlevait le pouvoir de lui faire du mal à elle.

Elle rit en lisant l'histoire où elle avait transformé un enfant en fromage parce qu'il lui avait volé de l'argent pour acheter son repas à la cafétéria. Et à celle où elle avait changé ses sœurs en fromage parce qu'elles lui avaient fait manquer la fête de fin d'année en première. Elles l'avaient dénoncée au sujet de sa chambre en désordre, et ses parents l'avaient obligée à rester à la maison pour la ranger. La fête, le bal d'Océandrillon, était sur le thème de la mer. Ses sœurs avaient été costumées en nymphes marines jumelles. Dans sa BD, elles étaient devenues des fromages jumeaux sur le coup de minuit.

— Ha! Ha! Ha! rit-elle tout bas.

Elle était une petite fille plutôt hilarante, même si c'était elle-même qui le disait. Avant même de pouvoir écrire, elle dessinait vraiment bien. Elle avait oublié ça. Posant son menton sur une main, elle poursuivit sa lecture en riant doucement. Mais après un certain temps, elle se mit à bâiller. Sa tête commença à dodeliner, et ses paupières s'alourdirent.

Et la prochaine chose dont elle eut conscience fut la voix grinçante de sa mère :

— Duduse! Que fais-tu là?

— Hein? Se frottant les yeux, Méduse s'assit et regarda tout autour d'elle.

C'était déjà le matin, et elle était dans le lit d'une de ses sœurs. Que faisait-elle à la maison? Était-elle au beau milieu d'un rêve, ou plutôt d'un cauchemar?

Puis elle se rappela tout ce qui s'était passé la veille.

— Quelle heure est-il?

Sautant du lit, elle consulta le cadran solaire dehors et vit qu'il était presque 9 h. Il fallait qu'elle aille rejoindre Hermès pour retourner au mont Olympe!

À la vitesse de l'éclair, Méduse ramassa ses rouleaux de BD *La reine de la haine.* Les serrant sur sa poitrine, elle se dépêcha de partir.

— R'voir, m'man !

Mais sa mère était déjà occupée à lisser les plis qu'elle avait faits sur le couvre-lit de sa sœur et elle se contenta de lui faire un petit signe de la main. Elle ne lui demanda même pas où elle s'en allait ni si elle allait revenir.

Son père était à la table en train de manger des flocons d'algues pour son petit déjeuner lorsqu'elle passa en trombe dans la cuisine.

— R'voir, p'pa ! lui lança-t-elle, mais il se contenta de grogner.

Méduse était à bout de souffle lorsqu'elle arriva à l'endroit où Hermès lui avait donné rendez-vous. Mais elle n'y trouva ni Hermès ni char. Oh non! Était-elle arrivée trop tard? Était-il déjà venu et reparti? Elle fixa le ciel avec anxiété.

— Méduse la Gorgone! C'est toi, vraiment?

Méduse chaussa ses lunettes anti-pierre avant de regarder tout autour pour voir qui avait parlé. C'était une fille qui était dans sa classe en deuxième année, à son ancienne école. Elle tenait une jarre d'eau en équilibre sur sa tête en tenant la poignée d'une main.

— Je le savais! dit la fille avec excitation. Je suis Échidna, tu te souviens de moi?

Elle jeta un coup d'œil aux serpents sur la tête de Méduse.

— Alors, c'est vrai pour tes cheveux.

Méduse regarda vers le haut, scrutant le ciel. Toujours pas d'Hermès. Elle regarda la fille de nouveau. Elle avait été plutôt gentille, plus que la plupart des autres enfants, se rappelait Méduse.

— Ouais, c'est vrai. Euh, tu t'en vas à l'école?

— Les filles n'ont plus le droit d'aller à l'école après la deuxième année, tu te souviens? dit Échidnée en riant. Je suis en formation pour devenir porteuse d'eau, dit-elle avec fierté.

— Fantastique, dit Méduse sans grand enthousiasme.

C'était justement le genre de travail auquel elle avait voulu échapper en quittant la maison.

— Pas aussi fantastique que ta vie à l'Académie du mont Olympe, je parie. Alors, quel effet ça fait, de côtoyer des déesses comme Aphrodite et Athéna ? soupira la fille avec mélancolie. Elles doivent sûrement être si belles et brillantes… enfin, si déesses.

— Ouais, elles se sont, dit Méduse. Nous traînons ensemble tout le temps. En fait, nous sommes comme les deux doigts de la main, ajouta-t-elle en levant la main et en croisant deux doigts. Je mange à leur table à la cafétéria la plupart du temps. Avec Perséphone et Artémis, aussi.

— Vraiment? dit Échidna en écarquillant les yeux. Tu es si chanceuse!

Oui, elle était chanceuse, pensa Méduse. Chanceuse de ne plus vivre là. Après avoir passé des années avec des immortels, la vie ici-bas sur Terre n'était pas pour elle. Elle s'ennuierait à mourir, si elle devait revenir dans ce village où elle ne pourrait même pas aller à l'école.

Ses préoccupations de la veille revinrent la turlupiner. Et si Zeus apprenait que ses serpents avaient fait du vol à l'étalage? Il ne l'expulserait tout de même pas de l'Académie pour la renvoyer ici, n'est-ce pas ?

Méduse ne fut jamais aussi heureuse qu'au moment où elle aperçut le char d'argent aux ailes blanches apparaître dans le ciel. Dès l'instant où Hermès effleura le sol, elle plongea à l'arrière du char.

— Désolée, il faut que j'y aille ! dit-elle à son ancienne camarade de classe, qui regardait le char avec ébahissement.

Mais elle n'était pas le moins du monde désolée de partir.

6

Aquatastique

Bien qu'Hermès eût terminé la distribution des invitations au mariage de Zeus et d'Héra la veille, il emmena Méduse pour sa tournée de livraison de courrier en chemin vers le mont Olympe. Elle l'aida à lancer les paquets et les rouleaux, non par gentillesse, bien entendu, mais pour faire avancer les choses. Il était midi lorsqu'ils arrivèrent enfin à l'AMO. Elle n'avait pas pris de petit déjeuner et elle était affamée.

L'Académie apparut, juste après qu'ils eurent traversé une épaisse couche de nuages blancs. Elle brillait au soleil sur la cime de la plus haute montagne de la Grèce. Entièrement construite en marbre blanc poli, l'Académie s'élevait sur cinq étages et était entourée de toutes parts de dizaines de colonnes ioniques. Des bas-reliefs étaient sculptés juste sous le toit pointu. Le bâtiment était si magnifique que parfois elle arrivait à peine à croire qu'elle fréquentait vraiment cette école. Elle espérait simplement qu'il n'arriverait rien qui l'obligerait à retourner à la maison!

Les ailes puissantes battirent plus lentement pendant qu'ils tournaient autour de l'école.

— Prochain arrêt : l'Académie du mont Olympe, grommela Hermès. On dirait... Zeu... train d'... annon...

Le vent emportait ses mots de sorte que Méduse n'arrivait pas à comprendre tout ce qu'il disait.

Mais lorsqu'ils atterrirent, elle vit le directeur Zeus debout dans la cour entouré d'une foule. Le héraut de l'école se tenait à son côté, ce qui signifiait que le directeur était sur le point de faire une annonce officielle.

S'arrêtant deux secondes à peine, Hermès fit basculer le char juste assez pour que Méduse puisse soit sauter, soit tomber. Elle sauta. Et par miracle, elle réussit à ne pas laisser tomber ses rouleaux de BD.

— Il n'y a pas de quoi! lui cria-t-elle alors qu'il s'envolait sans un remerciement pour l'aide qu'elle lui avait apportée pour distribuer le courrier.

Il se contenta d'agiter la main joyeusement, ne semblant pas se rendre compte qu'elle était fâchée.

Le char ailé d'Hermès attirait toujours beaucoup d'attention; les têtes se retournèrent donc de son côté lorsque les ailes battirent pour s'envoler. Quelqu'un avait-il entendu parler de l'incident du vol à l'étalage? se demanda Méduse.

«Incident» était le mot qu'Aphrodite utilisait pour tout problème important qu'elle causait par accident, comme la guerre de Troie. Voler à l'étalage n'était pas aussi mal que cela, mais tout de même. Et parlant d'Aphrodite, elle et ses trois amies, Athéna, Perséphone et Artémis se tenaient ensemble dans la foule qui entourait Zeus.

Méduse vit également Pheme, son ancienne compagne de chambre et seule soi-disant amie à l'école. À titre de déesse des rumeurs, elle saurait certainement s'il y en avait qui circulaient au sujet du vol à l'étalage. Tenant toujours ses rouleaux de BD bien serré sur la poitrine, Méduse se dirigea vers elle.

— As-tu entendu des rumeurs, dernièrement ? lui demanda-t-elle en guise de salutation.

Les yeux de Pheme étaient rivés sur Zeus comme si elle avait peur de manquer le début de son annonce si excitante.

— Chut, dit-elle, tout en secouant la tête en signe de dénégation.

Soulagée, Méduse porta son attention sur le héraut, qui demandait le silence avant de commencer à parler.

— Puisque le nombre sept porte chance, la tradition veut qu'un marié immortel choisisse sept garçons d'honneur pour son mariage. Aujourd'hui, le directeur Zeus, roi des dieux et maître des cieux, est ici devant vous pour les nommer. Alors, sans plus de cérémonie, voici… le directeur Zeus !

Sans plus de cérémonie ? pensa Méduse. Qui utilisait cette expression ? Personne sauf le pompeux héraut de l'AMO, à ce qu'elle sache. Tout le monde se mit à applaudir lorsque Zeus s'avança pour s'adresser à la foule. Déroulant son papyrus, il commença à lire ce qui y était écrit de sa voix aussi forte que le tonnerre qui le caractérisait.

— J'ai choisi mes sept garçons d'honneur chanceux parmi les élèves de l'AMO en fonction de leur réussite scolaire, de leur sens artistique, de leur force, de leur musicalité, de leur héroïsme et de bien d'autres facteurs. Félicitations à Apollon, Arès, Dionysos, Éros, Hadès, Héraclès et Poséidon.

Comme les acclamations se mirent à fuser pour les jeunes immortels et mortels honorés, les yeux verts de Méduse se fixèrent sur Poséidon. Habillé d'une tunique turquoise, il était encore plus mignon que d'habitude!

— Et comme c'est aussi la tradition lors des mariages entre immortels, poursuivit Zeus, ces garçons d'honneur choisiront les sept demoiselles d'honneur d'Héra. J'ordonne donc à chacun des sept garçons de tenir un concours pour choisir sa partenaire parmi les élèves de l'AMO et les filles des honorables invités qui viendront nous rendre visite pour le mariage.

Les oreilles de Méduse se dressèrent. Après des années à se languir de Poséidon, cela pourrait bien être sa chance. Peu importe le concours qu'il choisirait, elle allait le gagner !

Une fois son discours terminé, Zeus partit, et les élèves se dirigèrent vers la cafétéria. Certains des garçons d'honneur choisis tinrent rapidement des concours idiots pour choisir leur demoiselle d'honneur sur-le-champ, pendant que tous marchaient ensemble.

Arès fut le premier.

— La gagnante de mon concours de demoiselle d'honneur, lança-t-il à la foule, sera la première déesse dont je croiserai le regard et dont le nom comporte neuf lettres, commence par un A et se termine par un E. Et nous avons une gagnante! dit-il en jetant un coup d'œil à Aphrodite, dont il tenait déjà la main.

Elle sourit, ce qui la fit paraître encore plus belle, si c'était encore possible. «Comme d'habitude, pensa Méduse. La beauté et l'immortalité d'Aphrodite font en sorte que tout fonctionne à merveille pour elle. Grrrr. Pas juste!»

Puis ce fut le tour d'Héraclès.

— Je vais choisir la première fille qui peut trouver le mot le plus long et le mot le plus court n'ayant jamais existé.

Il y eut un moment de silence pendant que chacun tentait de trouver les deux mots. Cette devinette était presque aussi bonne que celles que Python lui avait demandées lors des Jeux olympiques !

Athéna répondit immédiatement, bien entendu.

— Le plus long est hippopotomonstrosesquipédaliophobie, qui est la peur des mots trop longs. Et quant au plus court, eh bien, il existe quelques mots d'une seule lettre tels qu'« y ». Mais comme il s'agit de la dernière des voyelles de l'alphabet, je dirais que le mot le plus court est « a », la première voyelle de l'alphabet.

Lorsqu'Héraclès la déclara gagnante, elle parut enchantée. Et soulagée. Tout le monde s'imaginait bien qu'elle aurait en effet voulu être demoiselle d'honneur au mariage de son propre père! On aurait pu penser que Zeus s'en serait rendu compte par lui-même. Était-il possible que Zeus fût aussi ignorant de ces choses-là que son propre père? se demanda Méduse. Au moins, Zeus, lui, ne parlait pas en grognant.

Hadès fut le suivant à tenir son concours, posant une question sur les fleurs qui poussaient aux Enfers. C'était une question à laquelle seule Perséphone pouvait répondre. Et naturellement, elle gagna. Mais Méduse ne faisait pas trop attention. Elle était occupée à ne pas perdre Poséidon de vue. Lorsqu'il annoncerait son concours, elle se précipiterait. Et elle gagnerait !

Une vision dansait derrière ses yeux : elle-même, habillée en demoiselle d'honneur, tenant un joli bouquet de fleurs alors qu'elle avançait à son bras lors de la procession de la fin de semaine suivante. Lorsqu'ils atteignirent tous la cafétéria, seuls quatre jeunes dieux, Apollon, Dionysos, Éros et Poséidon, n'avaient pas encore annoncé leur concours et n'avaient toujours pas de partenaire.

Toutefois, dans la file d'attente, Apollon emprunta un bol en forme de casque de l'une des préposées à la cafétéria.

— Que celles qui veulent m'accompagner au mariage déposent leur nom dans ce bol ! lança-t-il à la volée pendant que chacun attendait de prendre son repas.

Présumant que Poséidon n'annoncerait probablement pas son concours tant qu'Apollon n'aurait pas de partenaire, Méduse s'éclipsa dans sa chambre et rangea ses rouleaux de BD et les sacs de pièces de monsieur Dolos dans son placard.

Lorsqu'elle revint à la cafétéria quelques minutes plus tard, le concours d'Apollon était toujours en cours. Le bol circulait encore de table en table lorsqu'elle s'assit pour manger avec ses sœurs. Lorsqu'il arriva à elle, elle vit Arès dire quelque chose à Apollon et faire un geste en sa direction. Apollon lui jeta un coup d'œil alarmé. Elle fit un sourire méchant, certaine qu'il était inquiet qu'elle puisse devenir sa demoiselle d'honneur. Devait-elle déposer son nom, juste pour rire ? Non, elle ne voulait pas courir le risque qu'il soit tiré. Alors, elle écrivit le nom d'Arès à la place, pensant que ce serait bien drôle si Apollon pigeait le nom d'un garçon. Ha ! Ha ! Ha !

Le bol-casque revint enfin à Apollon après être passé par les mains de toutes les filles. Enroulant son bras gauche autour, il se leva et d'un geste théâtral, il ferma les yeux et plongea la main droite dans les bouts de papyrus pliés. Il en tira un et lut le nom qui y était écrit :

— Cassandre !

Une fille aux longs cheveux blond roux ondulés se leva.

— J'avais le pressentiment que tu allais me choisir ! lui lança-t-elle en riant.

— Ouais, c'est ça, marmonna Méduse.

Elle ne croyait pas cette fille une seconde, et elle ne serait pas surprise d'apprendre que les autres ne la croyaient pas non plus.

— Qui est-elle ? demanda-t-elle.

Des murmures se répandirent dans la cafétéria alors que tout le monde se posait la même question.

Quelques instants plus tard, Pheme arriva à la table des triplettes à pas furtifs.

— On dit qu'elle est la fille de l'un des rois en visite pour le mariage, leur dit-elle sans prendre le temps de respirer.

Puis elle fila vers une autre table pour répandre l'information avant que quelqu'un d'autre le fasse. Se rappelant les centaines d'invitations qu'elle avait distribuées avec Hermès, Méduse savait que beaucoup de dignitaires avaient été invités à l'AMO avec leurs familles pour les célébrations de la semaine et la cérémonie du mariage.

Après le déjeuner, Éros prit le bol et invita toutes les filles qui voulaient devenir sa demoiselle d'honneur à le suivre jusqu'au champ de tir du terrain de sports. La cafétéria se vida alors que tous s'y rendirent pour voir ce qui se passerait. Une fois qu'ils y furent tous réunis, Éros demanda aux filles de prendre les papyrus du casque d'Apollon et de les épingler sur une cible qu'il venait d'installer. Lorsque tout fut prêt, Éros visa et tira une flèche d'amour à 50 pas de distance de la cible.

— Pheme ! annonça-t-il en lisant le papyrus que sa flèche avait percé.

Lorsque Pheme couina de joie, un nuage de fumée s'échappa de ses lèvres et forma un nuage en forme de cœur au-dessus de sa tête.

Il ne restait plus que Dionysos et Poséidon. Puisque Méduse ne s'intéressait qu'à Poséidon, elle remarqua à peine que Dionysos annonçait son concours en mettant son bandeau « L'amour est aveugle », le même que lorsqu'il avait dansé avec elle lors de la semaine des Héros.

Après qu'Apollon l'eut fait tourner sur lui-même quelques fois, Dionysos se dirigea à l'aveuglette vers la fille la plus près. Et il se trouvait que c'était Méduse ! Pardieu ! Pas encore ! Elle fit un bond de côté pour l'éviter et il finit par toucher la mortelle qui se trouvait derrière elle.

— Elle s'appelle Ariadne. Elle est la fille du roi Minos de Crète, entendit-elle

Pheme annoncer à quiconque voulait l'entendre.

Ariadne parut absolument ravie d'avoir été choisie. Méduse ressentit une petite pointe de regret, mais elle la chassa. Elle avait jeté son dévolu sur Poséidon !

Tous les yeux se tournèrent vers lui, maintenant qu'il était le seul garçon d'honneur qui n'eût pas encore choisi celle qui l'accompagnerait. Méduse retint son souffle pendant qu'il annonçait enfin son concours.

— Puisque je suis le jeune dieu de la mer, je tiendrai une compétition de natation samedi prochain dans la piscine du centre sportif. La gagnante aura l'honneur d'être ma partenaire au mariage du directeur Zeus le dimanche.

«Une compétition de natation? Comme c'est aquatastique… euh fantastique!» pensa Méduse. Ayant vécu sur la côte de la mer Égée avec un monstre marin et un cochon de mer pour parents, elle avait appris à nager avant même de pouvoir marcher. Elle avait une réelle chance de gagner cette compétition!

Du coin de l'œil, elle jeta un regard à Pandore, qui avait l'air consternée. Elles avaient eu le cours de gym-ologie ensemble l'année précédente, de sorte que Méduse savait que Pandore ne nageait pas très bien. Si Poséidon avait voulu que Pandore gagne, il aurait choisi un concours qui aurait été facile pour elle, n'est-ce pas? Peut-être quelque chose comme «Posez 20 questions». Et qu'il ne l'ait pas fait signifiait sans doute qu'il n'avait pas le béguin pour elle, après tout.

— Suivez-moi si vous voulez vous inscrire à ma compétition, lança Poséidon.

Tout excitée, Méduse se joignit à la foule de filles qui le suivaient à la trace lorsqu'il quitta le champ de tir à l'arc. Les filles firent la queue pendant qu'il épinglait une feuille d'inscription sur le babillard du gymnase. Mais il ne resta pas là. Arès et d'autres jeunes dieux l'avaient invité à venir jouer une partie de lancer du disque sur l'un des terrains de sport à l'extérieur.

Même si elle voulait bousculer toutes les filles qui étaient devant elle pour signer son nom en premier, Méduse se retint. Ce n'est que lorsque la dernière fille fut partie et que la voie fut libre qu'elle approcha le babillard. Fronçant les sourcils, elle examina les noms de ses compétitrices. Elle pouvait facilement battre les mortelles. Mais beaucoup des filles qui avaient signé étaient des immortelles aux pouvoirs magiques. Quelle chance une mortelle comme elle avait-elle contre des filles qui pouvaient se servir de leur magie pendant la course? La seule manière d'avoir sa chance serait d'être immortelle elle-même! Hum.

Après avoir signé son nom rapide-ment, elle fila vers sa chambre. Elle attrapa le bon de commande du collier d'immortalisation partiellement rempli sur son bureau et finit de le remplir. Puis elle prit les deux sacs d'argent de son pla-card. Elle mit les 30 drachmes que mon-sieur Dolos lui avait données dans un seul sac, y mit le bon de commande et le referma bien serré. Enfin, elle écrivit l'adresse de livraison sur le sac et le posa sur le rebord de sa fenêtre.

Hésitant, elle fixa le sac pendant une minute. Et si elle faisait une bêtise? Son esprit lui disait qu'il était impossible que le collier fonctionne. Mais dans son cœur, elle se mourait de devenir immortelle. Elle décida de passer outre à la raison. Il fallait que son plan parfait fonctionne!

Quelques minutes après, une brise magique se fit sentir. Les quatre vents et leurs brises livraient la plus grande partie du courrier de l'AMO. Mais lorsque cette brise tenta en vain de soulever le sac, elle appela du renfort.

Ce sac est trop lourd pour une simple brise
Vents de grande force, venez à ma rescousse. Avant que je ne me brise!

Lorsque les mots de la brise s'évanouirent, une rafale beaucoup plus forte arriva et se joignit à elle. Levant facilement le sac ensemble, les deux vents l'emportèrent.

Méduse se laissa tomber sur son lit, se sentant remplie d'espoir et d'excitation. Se tournant de côté, elle se souleva sur un coude et posa son menton sur la paume de sa main, rêvassant en regardant son babillard consacré à Poséidon. Elle s'imaginait que la semaine suivante son bouquet de demoiselle d'honneur pourrait bien y trouver sa place aussi. Et il y aurait peut-être aussi une image de tous les participants au mariage. Une image sur laquelle elle était habillée pour la circonstance, sa main posée sur le bras de Poséidon!

Les images du mariage de Zeus et d'Héra paraîtraient certainement un peu partout. Y compris sur la première page de la revue *Adozine* et de *La Presse de Grèce*. Même ses parents ne pourraient s'empêcher d'être fiers qu'elle soit demoiselle d'honneur pour le roi des dieux ! Ils accrocheraient probablement cette image dans leur maison. Et encore mieux, tous les enfants qui avaient été méchants avec elle lorsqu'elle était petite la verraient et sauraient qu'elle avait vraiment réussi à l'AMO !

Une envie soudaine de dessiner s'empara d'elle. Elle sortit les rouleaux de BD qu'elle avait rangés dans son placard. Lorsqu'elle eut trouvé un rouleau qui était presque vierge, elle posa sa plume sur le papyrus :

La reine de la haine (épisode n° 24)
La meilleure demoiselle d'honneur
de tous les temps !

— Dans l'épisode d'aujourd'hui, murmura-t-elle pendant qu'elle dessinait rapidement un serpent à l'œil mauvais qui se mordait la queue, le vilain serpent Ouroboros s'avance pour tenter de ruiner le mariage de Zeus.

Elle dessina ensuite deux personnages bâtons tournant de l'œil de terreur.

— Zeus et Héra s'évanouissent de peur à la vue du serpent, continua-t-elle. Tout le monde s'enfuit en courant, y compris tous les jeunes dieux. Sautant sur les pieds, la reine de la haine en appelle à sa magie de recouvrement en criant «Gorgonzola!»

Et pendant que Méduse dessinait un personnage bâton de la reine de la haine tenant un fromage puant d'une main et un bouquet de fleurs de l'autre, elle dit :

— En un éclair, la reine lance son bouquet de demoiselle d'honneur à Poséidon pour qu'il le tienne pour elle, et elle file à la rescousse de Zeus! Prisonnier dans la gueule du serpent gigantesque, qui avait alors lâché sa queue pour s'en prendre à lui, le directeur est terrifié.

Et en quelques coups de plume rapides, elle dessina un Zeus apeuré aux yeux exorbités.

Puis elle dessina quatre déesses jointes aux hanches comme une guirlande de poupées de papier découpées. Sous elles, elle fit une longue ligne sinueuse représentant de l'eau.

— Au même moment, Athéna, Aphrodite, Perséphone et Artémis trébuchent et tombent dans le bassin, ruinant leurs chitons et leurs coiffures. « Au secours ! crient-elles. Arrrgh ! »

Méduse sourit d'un air mauvais pendant qu'elle dessinait leurs visages aux yeux effrayés, leurs cheveux en désordre et leurs chitons dégoulinants.

Tout en écrivant et en dessinant, elle grignotait des bretzels d'ambroisie séchée. De temps en temps, elle en lançait une poignée dans les airs, et ses serpents les attrapaient avec entrain, puis les avalaient d'un coup.

Puis elle termina son histoire.

— Enfin ! La reine de la haine a raison du scélérat et bannit le serpent. Zeus est si reconnaissant qu'il promet de la changer en déesse de… en déesse de ce qui lui plaira, continua-t-elle, comme elle ne savait pas quoi écrire.

» Puis, Poséidon lui rend son bouquet et lui dit : « Avec ton regard ultra pétrifiant et ton fromage magique, tu réussis toujours à prendre la situation en main. Tu es extraordinaire, reine de la haine ! »

» Ensuite, continua-t-elle, les quatre déesses les plus populaires de l'AMO lui donnent un collier portant une breloque ADS tout comme les leurs et la supplient de devenir leur amie. Elle acquiesce humblement et devient instantanément populaire elle aussi. Fin.

Relisant sa BD, Méduse rigolait. C'était un chef-d'œuvre !

7

Les petits de la maternelle

Déterminée à gagner le concours de Poséidon, Méduse se leva avec peine à 6 h le lundi matin pour aller s'entraîner à la nage. Elle s'étira et bâilla, fatiguée de se lever si tôt et de s'être couchée tard la veille après avoir dessiné sa BD. Après s'être habillée, elle traversa la cour en joggant et se rendit au gymnase, où la piscine de l'AMO se trouvait dans la grotte en sous-sol.

Elle emprunta l'escalier de calcaire qui menait à la piscine sous le plancher du gymnase, puis elle enleva son chiton, qu'elle avait enfilé par-dessus son maillot de bain. En tant que dieu des mers, Poséidon avait créé cette piscine souterraine. Lui seul pouvait lui faire prendre différentes formes en fonction de la course ou de l'événement qu'il devait y avoir lieu. Il pouvait y ajouter des chutes, des rochers, ainsi que diverses créatures marines. Mais pour l'instant, la piscine avait la forme d'un simple rectangle. Des algues marines tressées démarquaient les couloirs de natation.

Entendant des clapotis, Méduse regarda vers la piscine avec surprise. Une douzaine d'autres filles, déesses et mortelles, étaient déjà en train de faire des longueurs. Elle s'était attendue à ce que la piscine soit vide à cette heure matinale, mais il semblait que les autres étaient tout aussi déterminées qu'elle à devenir la demoiselle d'honneur de Poséidon.

— Désolée, les amis. Mais j'ai beaucoup d'entraînement à faire pendant six jours, dit-elle à ses serpents endormis en plongeant dans l'eau froide.

Elle fit 20 longueurs de piscine. Et bien qu'elle fût contente de la vitesse qu'elle avait maintenue, elle était si fatiguée après qu'elle se sentait comme une algue flétrie.

Après avoir nagé, les autres filles devaient passer du temps à arranger leurs cheveux dans le vestiaire. C'était l'un des grands avantages d'avoir des cheveux en serpents, pensa Méduse en s'habillant rapidement. Pas besoin de les bichonner, ils étaient toujours bien coiffés.

En chemin vers les salles de cours, elle vit des dizaines de chars qu'elle ne connaissait pas stationnés dans la cour à côté du gymnase. Elle devina qu'ils devaient appartenir aux invités qui avaient commencé à arriver pour le mariage depuis le samedi précédent.

Entendant une discussion véhémente, Méduse se retourna et aperçut Zeus et Héra qui marchaient dans l'oliveraie à l'autre extrémité de la cour. Ils étaient pris par leur conversation et ne semblaient pas se rendre compte qu'Athéna et Aphrodite se trouvaient à la lisière de l'oliveraie. Et chaque fois que d'autres étudiants passaient par là, les deux déesses faisaient semblant de lire un rouleau de texte qu'elles tenaient entre elles. Mais c'était simplement pour camoufler le fait qu'en réalité, elles étaient en train de tendre une oreille indiscrète (ou deux).

Soudain, Héra s'arrêta net et croisa les bras d'une manière qui laissait claire-ment entendre qu'elle était en colère. Le couple heureux était-il en train de se dis-puter? Comme c'était intrigant. Bien que Méduse ne répandît pas de rumeurs comme Pheme, elle adorait connaître les secrets des gens. Car parfois elle pouvait les utiliser à son avantage.

S'efforçant d'agir de manière nor-male, elle se faufila entre les étudiants qui traversaient la cour et se dirigea vers l'oliveraie. S'arrêtant non loin des deux déesses, elle se pencha derrière un citronnier en pot et fit mine d'attacher sa sandale. Les déesses étaient si occupées à écouter qu'elles ne la remarquèrent même pas.

— Et pourquoi ne devrais-je pas continuer à travailler à ma boutique de mariage? entendit Méduse.

— De quoi cela aura-t-il l'air? rugit Zeus. Je ne veux pas que les rois et les chefs d'État ou mes amis croient que je suis si démuni que mon épouse soit obligée travailler. Et de plus, je veux avoir toute ton attention pour moi tout seul, mon petit cœur.

— Ne me mon-petit-cœur pas, dit Héra d'un ton sec. J'aime mon travail et je prévois continuer après notre mariage. Un point c'est tout.

Elle sortit de l'oliveraie d'un pas vif. Zeus la suivait sur les talons, en continuant à discuter. Aphrodite et Athéna se firent toutes petites, espérant de toute évidence que Zeus ne les voie pas et se rende compte qu'elles les épiaient. Heureusement pour elles, il ne les vit pas.

— J'aimerais qu'elle laisse simplement tomber son travail, murmura Athéna lorsqu'ils furent hors de vue.

— Pas question. Tu sais que ton père ne serait pas heureux avec une femme qui n'aurait pas d'intérêts bien à elle, insista Aphrodite. Il a simplement besoin de temps pour en prendre conscience. Tu te rappelles ses réponses à mon questionnaire ?

— Quel questionnaire ? demanda Méduse en sortant de sa cachette.

Les deux déesses se retournèrent vers elle, surprises. Puis Athéna pointa un index accusateur dans sa direction.

— Tout ça, c'est de ta faute.

— Moi ? dit Méduse en se raidissant. Qu'est-ce que j'ai fait ?

— Tu as posé ces questions à la conférence sur la boulot-ologie, vendredi, voilà ce que tu as fait. Ces questions sur les raisons qui poussaient les déesses à avoir une carrière, ajouta Athéna. Si ce n'était de toi, mon père se serait soucié comme d'une guigne qu'Héra continue de travailler une fois mariée.

— C'est vrai, convint Aphrodite. Et après tout le mal que nous nous sommes donné pour lui trouver Héra comme compagne…

— Ah! Je comprends, dit Méduse en claquant des doigts. Vous avez présenté Héra à Zeus en ayant une idée derrière la tête, n'est-ce pas?

— Oui, alors ne viens pas tout gâcher, dit Aphrodite. Ça n'a pas été facile de lui faire remplir mon question-naire des cœurs solitaires afin de savoir quel genre de déesse lui trouver. Athéna a dû le glisser dans une de ses revues pour qu'il le voie, et…

— Alors, vous vous êtes servie d'une ruse pour qu'il réponde au questionnaire ? l'interrompit Méduse.

Se tapotant le menton de l'index, elle leur fit un sourire grimaçant.

— Intéressant, poursuivit-elle. Je me demande ce qu'il dirait s'il l'apprenait.

Et sur ce, elle tourna les talons et se dirigea vers les marches menant à l'école.

Athéna et Aphrodite échangèrent des regards alarmés, puis elles la rattrapèrent.

— Nous essayions simplement de trouver une compagne qui lui conviendrait, dit Aphrodite.

— Il était si malheureux après que ma mère l'eut laissé. Tu te rappelles ? ajouta Athéna.

La mère d'Athéna, qui s'appelait Métis, était une vraie mouche qui vivait dans le crâne de Zeus. Après qu'elle se fut envolée vers une vie nouvelle, il y avait quelque temps, Héra et Zeus s'étaient rencontrés lors d'une soirée dansante à l'école. Il devenait maintenant évident pour Méduse que la présence d'Héra à cette soirée n'avait pas été fortuite. À regret, elle dut admettre que les efforts d'entremetteuse d'Aphrodite dans ce cas-là avaient été couronnés de succès. Lorsque Zeus était malheureux avant d'avoir rencontré Héra, il y avait constamment des orages et de la pluie. Depuis sa rencontre avec elle, le directeur était tout en sourires ensoleillés.

— Tu ne voudrais pas tout gâcher en lui disant ce que nous avons fait, n'est-ce pas ? demanda Athéna anxieusement. Parce que si tu causes des problèmes et que mon père redevient malheureux, tu seras la fille la moins populaire de l'école, et…

Ses mots s'évanouirent lorsqu'elle sembla soudainement se souvenir que

Méduse était déjà la fille la moins populaire de l'école.

— Je veux dire…

Les mots d'Athéna faisaient mal, même s'il s'agissait de la vérité.

— T'en fais pas, dit Méduse vertement. Ton secret sera bien gardé.

Puis, se remettant à marcher, elle se dirigea vers les portes d'entrée de l'Académie.

— Pour l'instant, du moins, lança-t-elle par-dessus son épaule.

Souriant parce qu'elle avait eu le dernier mot, Méduse grimpa le reste de l'escalier en courant. Elle poussa les portes de bronze et s'engouffra à l'intérieur, puis prit le couloir qui menait à son cours d'héros-ologie de la première période.

Fomenter le trouble ne la rendait pas vraiment heureuse, mais cela lui donnait un sentiment de puissance. Et comme mortelle, ce n'était pas un sentiment dont elle pouvait profiter bien souvent. De plus, elle n'avait toujours pas pardonné à Aphrodite d'avoir usé de ruse pour que Dionysos danse avec elle le soir de la fête de la semaine des Héros.

Méduse fut rapidement ramenée à la réalité lorsque les chiens d'Artémis passèrent en courant devant elle. Elle dut s'arrêter pour éviter une collision. Grrrr. Ces chiens étaient une vraie menace. Cette manière qu'ils avaient de toujours courir dans les jambes des élèves dans les couloirs. Elle les aurait volontiers changés en statues de pierre si cela n'avait pas risqué de lui causer des problèmes. Mais elle l'avait fait une fois, et Athéna avait trouvé le moyen d'inverser le sort.

Approchant de la classe d'héros-ologie, elle se retrouva juste derrière Apollon et Dionysos. Immédiatement, son esprit revint à la soirée de la semaine des Héros. Elle s'était imaginé que Dionysos lui jouait un tour ce soir-là, alors elle avait renversé les rôles et l'avait planté là au milieu de leur seconde danse.

Elle avait alors espéré qu'il se sente gêné lorsqu'il prendrait conscience qu'il dansait seul. Cependant, deux autres filles s'étaient rapidement jointes à lui une fois qu'elle fut partie, contrecarrant sa tentative de vengeance. Et lorsqu'il avait finalement enlevé le bandeau qu'il avait sur les yeux, ce furent elles qu'il vit. Elle doutait même qu'il sût alors qu'il avait dansé avec elle quelques instants avant. Mais peut-être quelqu'un le lui avait-il dit par après. Ce qui expliquerait pourquoi il la regardait si souvent depuis un certain temps.

— Tu sais, Ariadne, cette fille que j'ai choisie comme demoiselle d'honneur ? dit Dionysos à Apollon pendant qu'ils marchaient devant Méduse. Sa famille a dû rentrer à la maison. Des problèmes avec leur minotaure domestique, qui a fait du grabuge.

— Waouh! J'imagine que tu ferais mieux de chercher une nouvelle demoiselle d'honneur, lui dit Apollon au moment où ils se séparaient. À plus tard, ajouta-t-il.

Apollon se dirigea à quelques portes plus loin au cours de philosophi-ologie. Dionysos se rendit à son cours d'héros-ologie, et Méduse entra derrière lui. Ils firent tous les deux le tour de la grande table de jeu qui était située d'un côté de la classe. Il s'agissait d'une carte en trois dimensions avec des routes, des vallées, des villages et des châteaux. Des figurines de héros servaient de pions de jeu, et de petites créatures vivantes à écailles montraient leur museau hors des mers et des océans de la carte.

Comme ils le faisaient toujours lorsqu'ils passaient devant la table de jeu, ses serpents sifflèrent à la vue des serpents de mer dans la Méditerranée miniature. Les entendant, Dionysos fit un sourire à Méduse. Il avait de très jolies fossettes lorsqu'il souriait, remarqua Méduse.

— Alors, j'ai le sssentiment que les ssserpents de cheveux et les ssserpents de mer ne sssont pas des amis ? dit-il d'un ton malicieux.

Était-il en train de se moquer de ses serpents ? N'étant pas certaine, elle l'ignora et continua jusqu'à son pupitre.

Une fois assise, elle se mit à organiser ses affaires. Le vernis à ongles vert chatoyant allait sur un coin du pupitre (elle vernissait habituellement ses ongles pendant les cours, en se servant d'Athéna, dont le pupitre était devant le sien, comme d'un bouclier pour se cacher du professeur). Son rouleau de notes fut posé au centre du pupitre, et sa plume à côté. Déposant son sac sur le sol, elle leva les yeux et vit Dionysos qui se tenait là en la dévisageant.

— Quoi ? demanda-t-elle en fronçant les sourcils.

— Hé, dit-il en riant. N'aie pas l'air si contente de me voir !

— Tu veux quelque chose ? demanda-t-elle.

Pianotant sur le bureau pour signifier son irritation, elle se prépara mentalement à entendre une boutade au sujet de ses serpents ou d'elle-même. Pourquoi ne pouvait-il pas simplement lui ficher la paix ?

L'air soudainement timide, et peut-être un peu nerveux aussi, Dionysos se dandinait d'un pied sur l'autre. L'acteur le plus renommé de l'Académie qui était gêné ? Cela n'avait aucun sens. Il était la vedette de chaque pièce du cours de théâtre-ologie et il était habitué à être le centre d'attention. Elle fixa ses yeux violets et fut désarçonnée de le voir rougir.

— Hé bien, je me demandais justement si tu pouvais…

Il enfonça ses mains dans les poches de sa tunique. Mais avant qu'il puisse terminer la blague ou l'insulte qu'il avait probablement en tête, Athéna et Aphrodite apparurent, s'installant respectivement devant elle et de l'autre côté de l'allée.

— Euh. Peu importe, dit-il à Méduse.

Et après avoir salué les deux déesses, Dionysos alla s'asseoir à son propre pupitre, avec son sourire bon enfant habituel.

— Attention à tous !

Entendant la voix du professeur, Méduse regarda de son côté pour voir monsieur Cyclope qui tenait une liste écrite sur un rouleau de papyrus à l'avant de la salle.

— Comme vous le savez, poursuivit-il, de nombreux dignitaires, immortels, rois et héros provenant d'autres royaumes sont en visite à l'AMO cette semaine en prévision du grand mariage de dimanche prochain. Beaucoup d'entre eux sont venus avec leur famille, dont quelques enfants d'âge préscolaire. Alors, afin de renforcer nos relations avec les autres cultures, chacun d'entre vous a été jumelé à un petit de la maternelle. Pendant chacun de mes cours cette semaine, vous devrez vous occuper de votre camarade attitré. À compter d'aujourd'hui.

Les élèves, prenant conscience que cela signifiait probablement qu'il n'y aurait ni travaux en classe ni devoirs pendant toute la semaine, se mirent à chahuter. Monsieur Cyclope esquissa un léger sourire.

— Et comme vous l'avez de toute évidence deviné, nos activités courantes en classe seront suspendues jusqu'à lundi prochain.

Prenant une pose dramatique, Dionysos plaqua sa main droite contre son cœur et poussa un profond soupir.

— J'ai le cœur brisé, plaisanta-t-il. Alors, pas de contrôle demain ?

— C'est ça. Je sais que vous êtes tous très déçus, mais essayez de tenir le coup, répondit monsieur Cyclope, son unique œil au milieu de son front pétillant de malice.

Puis il tourna la tête vers la porte, qui venait de s'ouvrir.

— Ah ! Entrez, Madame Hydre, dit-il, et faites entrer vos petits protégés. Bienvenue, les enfants !

Madame Hydre se glissa à l'intérieur, ses neuf têtes s'esquivant les unes les autres alors qu'elle faisait entrer les petits bouts de chou de cinq ans pleins d'énergie dans la classe. Une fois qu'ils furent tous à l'intérieur, elle leur fit un signe de la main d'un air soulagé, puis se glissa hors de la classe, refermant la porte derrière elle. Sans la supervision des nombreuses têtes, les petits se mirent à courir comme des fous dans la classe. Ils examinaient tout ce qu'ils trouvaient, rampaient sous les bureaux et trébuchaient sur les pieds des élèves plus vieux.

Certains de ces enfants étaient des mortels. Hum. Pendant un instant, Méduse imagina calmer les ardeurs dans la classe en les changeant en pierre. Est-ce que quelqu'un lui en aurait voulu? Mais, avec réticence, elle chaussa ses lunettes antipierre et observa les nouveaux arrivés avec méfiance. Qui voulait avoir un camarade de maternelle ? Certainement pas elle.

— Oh ! Ne sont-ils pas adorables ? entendit-elle roucouler Aphrodite.

Athéna hocha la tête comme l'une des figurines à tête branlante qu'elle avait vues à la boutique Cadeaux des dieux. Méduse leva les yeux au ciel.

Monsieur Cyclope commença à nommer les paires de noms de sa liste. Poséidon était jumelé à un petit monstre marin du nom de Cetus. Dionysos eut Persée, un mortel dont les parents étaient propriétaires du marché aux boucliers de Persée, là-bas sur Terre. Et Pheme fut elle aussi jumelée à une petite mortelle.

Aphrodite et Athéna avaient l'air enchantées de leurs mignonnes protégées aux cheveux bouclés, deux nymphes marines nommées Thétis et Amphitrite.

Lorsque monsieur Cyclope arriva au nom de Méduse sur sa liste, tous les autres élèves avaient été jumelés à un bambin. Il ne restait plus qu'une petite fille. Ses yeux foncés étincelaient, et ses cheveux noirs avaient été coiffés en une multitude de tresses, chacune attachée au moyen d'un ruban.

— Voici Andromède, une princesse d'Éthiopie, dit monsieur Cyclope à Méduse. Elle sera ta protégée pour la semaine.

La petite fille jeta un seul regard à Méduse, puis elle éclata en sanglots.

— Vous ne pouvez pas m'obliger à aller avec elle ! cria-t-elle.

Puis elle fonça dans le placard à fournitures et claqua la porte derrière elle. Tout le monde se retourna pour regarder Méduse comme si c'était sa faute. La plupart des enfants se méfiaient de ses serpents.

Comme la plupart des adultes aussi. Eh bien. Ce ne serait pas la fin du monde si elle n'avait pas de protégée. En ce qui la concernait, la petite fille pouvait bien rester dans le placard si ça lui chantait ! Mais elle sentit alors que Poséidon la regardait, attendant de voir ce qu'elle ferait.

Ne voulant pas risquer de s'attirer sa désapprobation, elle soupira.

— Je vais aller la chercher.

Et pendant qu'elle se dirigeait vers le placard, le reste des élèves de la classe reportèrent leur attention sur leurs propres protégés. Certains prirent un livre pour commencer à lire, d'autres sortirent des jeux ou du matériel de bricolage.

Méduse ouvrit la porte du placard et regarda à l'intérieur. La petite fille était recroquevillée dans un coin, suçant son pouce.

— Allez, dit Méduse de sa voix la plus amicale. N'aie pas peur, Andromède. Mes serpents ne te feront pas de mal.

Avec un bruit de succion, le pouce sortit de sa bouche.

— Chépapeurdèserpents. Sauf s'ils mordent. Est-ce qu'ils mordent ? Est-ce que ça te fait mal de les avoir sur la tête ? Est-ce qu'ils parlent ?

Cette petite fille posait au moins autant de questions que Pandore !

— Hum… non, répondit Méduse aux trois questions en même temps.

— Est-ce que je peux les flatter, alors ? dit la petite fille qui s'avançait en marchant sur les genoux.

Puis, se levant, elle tendit la main. Méduse fit un geste de recul. Personne n'avait jamais osé toucher ses serpents. Sauf Héraclès, qui avait essayé de les étrangler une fois, le crétin. Ses serpents se figèrent sur place, pas sûrs de savoir comment réagir eux non plus.

La fille mit ses mains sur ses hanches, faisant la brave, mais également un peu blessée par l'hésitation de Méduse.

— D'accord. J'imagine. Si tu y tiens vraiment, dit-elle enfin à Andromède.

Elle se mit à genoux et pencha la tête. Et malgré leur première hésitation, les serpents semblèrent se prendre d'amitié pour la petite fille. Certains d'entre eux s'enroulèrent autour de son poignet comme des bracelets et d'autres sortirent délicatement la langue pour chatouiller sa joue. Andromède se mit à rire. Ce qui était bon signe.

— Est-ce qu'ils ont un nom ? lui demanda-t-elle, en les flattant.

Personne ne lui avait jamais posé cette question avant non plus !

— Ouais, dit Méduse, qui commençait à se sentir flattée par l'intérêt que lui portait Andromède. Elle montra chacun des serpents tour à tour en les lui présentant.

— Ils s'appellent Vipèr, Flicka, Bretzel, Rustro, Dupeur, Slinky, Lasso, Glisso, Écail, Émeraude, Petipois et Tortillon.

Une fois que la curiosité de la petite fille eût été satisfaite et qu'elle eût flatté chacun des serpents, Méduse se releva, tentant de penser à un moyen de la faire sortir du placard.

— Je ne crois pas que mes serpents se plaisent beaucoup, ici. Pourquoi ne sortirais-tu pas ? Nous pourrions aller rejoindre tes amis et tu pourrais leur dire comment s'appellent mes serpents.

Cela leur ferait quelque chose à faire, au moins. Elle n'avait jamais eu à s'occuper d'un petit de maternelle avant. Comment était-elle censée savoir ce qu'il fallait faire ?

— J'ai pas d'amis. J'suis nouvelle, l'informa-t-elle.

— Tu veux dire, nouvelle à ton école ?

Andromède hocha la tête. Prenant la main de Méduse, elle laissa celle-ci la ramener dans la classe. Méduse remarqua immédiatement qu'il y avait une place libre entre Poséidon et Héraclès autour du plateau de jeu d'héros-ologie. Quelle chance ! Elle dirigea sa petite protégée dans cette direction.

— Faites place ! Car que je suis Persée au cœur courageux ! se fit entendre une voix de petit garçon.

Méduse et Andromède firent un pas de côté pour laisser passer le petit aux cheveux en bataille. Il était à cheval sur le dos de Dionysos, ses jambes enroulées autour de la taille de celui-ci, qui faisait semblant de galoper.

— Et moi, je suis son cheval de mer ailé, les informa Dionysos, ses yeux violets pétillant d'espièglerie. Nous chevauchons les vagues déchaînées à la recherche d'une mission dangereuse. Il semble bien que nous en ayons trouvé une, n'est-ce pas Persée ? Deux princesses à secourir !

Les yeux d'Andromède s'agrandirent, et elle poussa un cri si aigu que Méduse tressaillit.

— À la rescousse de la princesse est mon jeu préféré !

Dionysos avait certainement le tour avec les enfants, pensa Méduse. Et il avait raison de croire qu'elle avait besoin d'être secourue… secourue de ne savoir que faire pour amuser sa protégée! L'instant d'après, elle emboîta le pas à Andromède, faisant semblant toutes les deux d'être enfermées dans une tour qui s'élevait sur une île déserte au milieu de l'océan.

— Oh non! Les vagues nous entourent, dit Andromède d'une voix excitée, l'imagination débordante. Et regarde! Un serpent de mer effrayant se dirige vers nous!

Elle montra du doigt Cetus, le monstre marin jumelé à Poséidon, qui avait quitté le tableau de jeu pour venir se joindre à leur jeu. Poséidon le suivait sur les talons.

«Génial!» pensa Méduse, faisant toutefois mine de ne pas paraître trop enchantée à l'arrivée de son amoureux secret.

— Comment ferons-nous pour nous sauver d'ici? demanda Andromède en feignant la crainte, toujours concentrée sur le jeu.

— Nous allons vous sauver, n'est-ce pas? demanda Persée à Dionysos en galopant à leur secours.

— À qui le dis-tu, partenaire! l'assura Dionysos.

Il faisait toutes sortes de détours, pour tenter de faire paraître long et périlleux le trajet pour se rendre jusqu'à elles, ce que Persée adorait.

— Ou peut-être pourrions-nous trouver la façon de nous sauver par nos propres moyens, suggéra Méduse à Andromède.

— Non! C'est n'est pas comme ça que ça fonctionne, dit Andromède, insistant pour qu'elles attendent que les garçons viennent les aider.

Et se reculant, elle regarda vers le haut et cria à l'intention des serpents de Méduse :

— Allez, les petits serpents, ajouta-t-elle. Aidez-nous à les faire arriver ici avant que nous soyons déchiquetées en mille morceaux!

Méduse sentit ses serpents qui se tortillaient au-dessus de sa tête et elle en conclut qu'ils étaient probablement en train de faire des signaux à leurs sauveurs. Dionysos fit mine de ne pas comprendre, imaginant toutes sortes de messages qu'essayaient de lui transmettre les serpents, ce qui fit rire Andromède aux éclats.

Et même si elle pensait qu'il était stupide, Méduse n'en trouvait pas moins ce jeu amusant. À vrai dire, comment ne pas s'amuser lorsque Dionysos était dans les parages ?

— Tu es une vraie charmeuse de serpents, dit Poséidon en faisant un clin d'œil à Andromède.

Son compagnon monstre marin faisait des bruits de grognements et essayait

d'avoir l'air dangereux pendant qu'il
« nageait » autour des filles.

— Je ne suis pas une charmeuse de
serpents. Je suis une princesse, l'informa
Andromède. La plus jolie princesse de la
mer tout entière !

— Oh ! N'est-il pas ? dit Poséidon en
plissant les yeux. Parce que je suis le dieu
de la mer, et…

— T'es qu'une grosse menteuse, dit
Cetus en interrompant Poséidon et en
lançant un regard furieux à la petite fille.

De l'autre côté de la pièce, les
nymphes marines qu'accompagnaient
Aphrodite et Athéna prirent un air ren-
frogné et hochèrent la tête en signe
d'assentiment.

Oh oh ! Ce n'était jamais une très bonne idée de claironner qu'on était la plus belle en compagnie d'immortels ou de créatures fantastiques. Quelqu'un en prenait toujours ombrage et se mettait à argumenter à ce sujet.

— C'est vrai ! insista Andromède en regardant Cetus furieusement à son tour. Ma mère dit que je suis si jolie que je pourrais participer au mariage d'Héra.

— Je le pense aussi, se prononça Persée, le petit protégé de Dionysos.

Méduse regarda Andromède et sentit une soudaine envie irrépressible de la protéger. Elle ne pouvait pas la laisser se faire des idées et avoir des attentes trop élevées. Car elle ne pourrait qu'être déçue.

— Tu n'as aucune chance d'être choisie pour la fête du mariage, lui expliqua-t-elle sans ménagement. D'une part, tu n'es qu'une simple mortelle. Et d'autre part, ta famille n'a de lien ni avec Héra ni avec Zeus.

Andromède la regarda, l'air blessé. Puis, pour la deuxième fois depuis le matin, elle se mit à pleurer.

— Méchante! se lamenta-t-elle.

Aphrodite et Athéna, qui étaient alors en train de jouer aux cartes avec leurs petites compagnes, levèrent les yeux vers Méduse, consternées. D'autres regards se tournèrent de son côté, incluant celui de Pheme, la cancanière. Et aussi monsieur Cyclope. Méduse ne comprenait pas. Qu'y avait-il de si méchant à dire la vérité ?

Maladroitement, elle tapota la tête d'Andromède, essayant de faire semblant que tout allait bien. Mais cela fit que la petite fille s'éloigna d'un geste brusque et se mit à pleurer encore plus fort. Bien que Méduse se sentît mal de lui avoir fait de la peine, il n'était pas question qu'elle l'admette. Pas alors que tout le monde la regardait !

Avant que monsieur Cyclope puisse s'en mêler, Dionysos prit la parole pour s'adresser à Persée.

— Hé, bonhomme, pourquoi n'emmènerais-tu pas Andromède voir la table de jeu ?

Lorsque les deux enfants furent partis, il tira Méduse à part.

— Qu'est-ce que tu as ? lui dit-il à voix basse. Pourquoi t'en prends-tu toujours aux gens de cette manière ?

— Tu sais bien qu'elle n'a aucune chance de faire partie de la cérémonie de mariage de Zeus, protesta Méduse.

Pourquoi la réprimandait-il ? Ce n'était pas juste !

— C'est une enfant ! dit Dionysos en montrant Andromède d'un geste de la tête. Qu'y a-t-il de mal à la laisser rêver ?

— Ce qu'il y a de mal, c'est que ces rêves sont totalement irréalistes, dit Méduse en mettant ses mains sur ses hanches d'irritation. J'essaie simplement de lui éviter d'être déçue.

— Alors, à la place, dit Dionysos en la regardant d'un air incrédule, tu fais voler ses rêves en éclats? Bien vu.

Puis, la laissant là, il se dirigea vers Andromède.

— Devine quoi? lui dit-il. Je vais faire partie de la cérémonie du mariage, dimanche.

— C'est vrai?

Ses larmes cessèrent graduellement de couler, et elle le regarda avec admiration comme si elle se disait qu'il était le jeune dieu le plus chanceux de tous les temps.

Il hocha la tête.

— Et je peux choisir n'importe quelle fille de l'Olympe ou de la Terre pour m'accompagner. Princesse Andromède, lui dit-il sur un ton formel en s'inclinant devant elle, me ferez-vous l'honneur d'être ma demoiselle d'honneur?

Le visage d'Andromède s'éclaira d'un énorme sourire.

— Pour vrai?

Et comme Dionysos hochait de nouveau la tête, son sourire s'élargit encore plus, et elle lui fit une jolie révérence.

— Avec plaisir, gentil sire.

Puis elle se mit à tournoyer de joie.

— Je vais aller au mariage, je vais aller au mariage! chantonna-t-elle.

Méduse se sentit soudainement devenir vert un peu plus jaune que d'habitude. Jaune d'envie, en fait. Presque comme si elle avait voulu que Dionysos le lui ait proposé à elle à la place. Mais c'était complètement fou! Elle ne pouvait pas se sentir jalouse d'une petite fille de cinq ans. Et de plus, c'était Poséidon qu'elle aimait, pas Dionysos.

Et pourquoi Dionysos était-il si critique à son égard? Avec tous les autres, il faisait toujours des plaisanteries. Elle sentit une boule se former dans sa gorge. Cela signifiait certainement qu'il la détestait vraiment. Elle cligna des yeux pour ravaler quelques larmes.

« Et après ? » pensa-t-elle l'instant suivant.

Ping ! Ping ! Ping ! La cloche-lyre sonna la fin du cours au moment opportun, comme si elle avait su à quel point Méduse avait envie de s'éclipser. Faisant comme si de rien n'était, elle attrapa ses affaires et sortit de la pièce la tête haute.

8

Les dames en gris

— La boutique de fleurs de la mère de Perséphone s'occupe de toutes les fleurs pour le mariage, dit Pheme à Méduse cet après-midi-là alors qu'elles étaient assises à la même table à la cafétéria. Et on a décidé que les demoiselles d'honneur porteraient des roses orange.

Comme d'habitude, ses mots flottaient au-dessus de sa tête en petits nuages en forme de lettres.

— Ça va être très joli avec mon brillant à lèvres orange, ne crois-tu pas ?

— Han, han, dit Méduse.

En prenant une bouchée de salade à l'ambroisie, elle observait Poséidon du coin de l'œil. Apollon, Arès et lui essayaient de garder en équilibre sur un doigt leur carton vide de nectar tout en se rendant porter leur plateau.

— Et Héra aura elle aussi un gros bouquet des mêmes roses assorties aux nôtres. N'est-ce pas génial ?

— Han, han, dit Méduse en sirotant son nectar.

Parce qu'elle n'arrêtait pas de parler, Pheme n'avait pas encore mangé une seule bouchée de ses nectaronis. En fait, elle parlait à une telle vitesse qu'il y avait en suspension au-dessus d'elles un énorme nuage de mots. Elle était de toute évidence très excitée d'être demoiselle d'honneur!

Sans avertissement, elle changea de sujet.

— Alors, qu'est-ce que c'était que cet incident avec Andromède ce matin au cours d'héros-ologie?

Puisque Pheme était dans la même classe qu'elle et qu'elle avait tout entendu, Méduse s'était attendue à ce qu'elle lui pose la question tôt ou tard. Mais elle avait appris à peser ses mots avec Pheme, parce que tout ce qu'elle dirait se propagerait dans toute l'école à la vitesse de l'éclair.

— Oh! Ça? Rien d'important, répondit-elle en tentant de minimiser la situation.

— Rien d'important? répéta Pheme comme si elle n'en croyait pas ses oreilles. Andromède annonce qu'elle est la plus magnifique princesse de la mer, et tu dis que c'est sans importance? Le monde de la mer n'accueille pas d'un très bon œil ce genre de vantardise, tu sais.

Méduse la regarda avec surprise. C'est ça l'incident dont elle parlait? Et non du fait qu'Andromède ait pleuré parce que Méduse lui avait dit qu'elle ne participerait jamais au mariage? Et pas non plus de l'escarmouche qui s'était ensuivie entre Dionysos et elle? Fiou!

Lorsque Pheme prit enfin une fourchetée de nectaronis, Méduse agita la main pour chasser les derniers mots-nuages qui étaient sortis des lèvres de celle-ci. Elle espéra que personne d'autre n'avait eu le temps de les lire. C'était comme ça que les rumeurs se répandaient!

Woush! La porte de la cafétéria s'ouvrit soudainement à la volée, et un grand coup de vent magique s'y engouffra.

— Une convocation pour Méduse la Gorgone! rugit le vent.

Tous les yeux se tournèrent vers Méduse, et plusieurs élèves la montrèrent du doigt. Elle retint son souffle. Est-ce que ce vent venait lui livrer son collier d'immortalisation ? Son excitation augmenta à mesure que le vent s'approchait, faisant des tourbillons autour des élèves qui se trouvaient sur son chemin, ce qui provoquait des cris de surprise parce que cela faisait voleter leurs cheveux et soulevait la jupe de leur tunique ou de leur chiton.

Lorsqu'il s'arrêta enfin à sa table, le courant d'air finit de souffler le reste des mots de Pheme. Puis il lui transmit son message :

Cet ordre je dois t'avoir transmis

De la part des trois dames en gris.

Tu dois te rendre à leur bureau aujourd'hui,

Et dois partir sans sursis !

Une escorte viendra te chercher à la sortie…

C'est bien compris ?

Méduse hocha la tête. Que pouvait-elle faire d'autre ? Personne ne pouvait désobéir à une convocation des dames en gris. Elles étaient les conseillères de l'école, et les règles de l'AMO stipulaient qu'il fallait tout laisser tomber tambour battant et filer à leur bureau dès qu'elles vous appelaient.

— Quelqu'un a des problèmes, chantonna Pheme. Qu'as-tu fait?

— Rien, dit Méduse sur la défensive. C'est sans doute simplement une erreur.

Elle n'avait jamais été appelée au bureau des conseillères auparavant. Pas même lorsqu'elle avait chipé le Viperlave, l'invention d'Athéna un peu plus tôt au cours de l'année scolaire. Mais en réalité, cette convocation pouvait bien avoir été faite pour un certain nombre de choses, notamment, le vol à l'étalage du samedi précédent. Elle déglutit.

— C'est tout? dit-elle en s'adressant au vent, avant que Pheme puisse lui extraire des secrets. Vous n'avez pas de colis pour moi?

Un colis ? Nenni !

Et maintenant, je suis déjà parti !

Et sur ce, le vent sortit à toute vitesse de la cafétéria.

— Tu attendais un colis ? lui demanda Pheme d'une manière indiscrète.

Méduse se leva d'un coup. Pheme avait le don de vous faire tout déballer si vous ne faisiez pas attention. Il fallait qu'elle s'en aille de là, et vite.

— Non. Je voulais juste vérifier. Tu veux bien rapporter mon plateau pour moi ? Je dois y aller si je ne veux pas manquer mon escorte pour me rendre chez les conseillères !

Puis elle fila à toute vitesse.

— D'accord, mais habille-toi chaudement! lui cria Pheme. Il paraît que leur bureau est dans une contrée lointaine et qu'il y gèle à pierre fendre!

« Dans une contrée lointaine? Comme c'est embêtant!» pensa Méduse en empruntant l'escalier qui menait aux dortoirs. Cela expliquait pourquoi on lui envoyait une escorte. Les voyages sur de longues distances étaient difficiles pour les mortels. Il était ennuyeux qu'elle ne puisse pas faire apparaître un char magique ou utiliser les sandales ailées comme pouvaient le faire les immortels. Dépendre des autres était tout ce qu'il y avait de plus pénible!

Dans sa chambre, elle prit une longue cape en laine vert forêt dans son placard. Tirant sur les deux bouts du cordon noir qui fermait la cape à l'encolure, elle donna un coup pour le nouer. Un grand bout de ruban lui resta entre les mains.

Au même moment, on frappa à sa porte.

— Qui est là ? dit-elle en fourrant le bout de ruban dans sa poche.

— Ton escorte pour t'emmener au bureau des dames en gris ! dit une voix.

Athéna ? Comme de fait, lorsque Méduse entrouvrit la porte, elle vit la fille de Zeus qui se tenait dans le couloir. Elle était elle aussi emmitouflée dans une cape de laine. La sienne était bleu gris, assortie à la couleur de ses yeux. Et bien que leurs chambres ne fussent qu'à quelques portes l'une de l'autre, elles ne s'étaient jamais rendu visite mutuellement.

Méduse sortit rapidement dans le couloir pour qu'Athéna ne puisse pas apercevoir son babillard « béguin pour Poséidon ». Elle verrouilla la porte derrière elle.

— J'imagine que c'est ton père qui t'a demandé de m'accompagner, hein ? Comme il t'avait demandé d'aider Héraclès à accomplir ses 12 travaux ?

— C'était censé être un secret, dit Athéna en levant un sourcil.

— C'est Pheme qui me l'a dit.

— Par tous les dieux, dit Athéna en poussant un soupir d'exaspération. Cette fille finit toujours par tout découvrir ! En tout cas, nous ferions mieux d'y aller.

Aucune d'elle ne dit mot jusqu'à ce qu'elles atteignent les portes de bronze de l'entrée de l'AMO. Méduse imagina qu'Athéna était probablement ennuyée d'avoir à l'accompagner. Elles prirent chacune une paire de sandales ailées dans la corbeille à l'entrée, puis elles les enfilèrent une fois dehors.

Les lanières entourèrent les chevilles d'Athéna par magie, et les ailes d'argent aux talons commencèrent à s'agiter.

— Qu'est-ce qui se passe ? demanda-t-elle après s'être élevée doucement de quelques centimètres au-dessus du sol et voyant la réticence de Méduse.

— Tu sais bien que je ne peux pas les faire voler moi-même, n'est-ce pas ? dit-elle en faisant un geste vers ses pieds qui restaient fermement ancrés au sol.

— Ouais, je sais. Viens, dit Athéna en tendant une main.

Et bien qu'elle détestât avoir besoin de l'aide des autres pour voyager, Méduse prit sa main. Elle s'éleva immédiatement au-dessus du sol et se mit à voleter elle aussi. Se rappelant le ruban qu'elle avait mis dans la poche, elle l'en tira. S'aidant de sa main libre et de ses dents, elle réussit à attacher leurs deux poignets ensemble.

— Pas la peine de faire ça. Je ne te laisserai pas tomber, lui promit Athéna.

L'ignorant, Méduse finit de faire un double nœud au ruban.

— Sans vouloir te vexer, dit-elle enfin, mais je ne fais confiance à personne.

Il n'était pas question qu'elle coure le risque qu'Athéna ait prévu de lui lâcher « accidentellement » la main en plein vol. Après tout, cette jeune déesse s'était mise en colère après elle le matin même à l'orée de l'oliveraie.

— Comme tu veux, dit Athéna en levant les yeux au ciel. Allons-y !

Et elles se mirent en route, effleurant les marches de l'école. Lorsqu'elles traversèrent la cour, les étudiants qu'elles croisaient les regardaient avec ébahissement, étonnés de les voir ensemble.

Méduse sourit. Ce n'était pas tous les jours que les autres élèves la voyaient avec l'une des déesses les plus populaires de l'école !

En arrivant à l'autre bout de la cour, Athéna sortit un rouleau que le vent magique lui avait remis et sur lequel il y avait les indications pour se rendre au bureau des conseillères. Les filles le tenaient entre elles, l'examinant en volant.

— Ces indications sont tellement stupides ! grommela Méduse un peu plus tard. « Volez vers le nord jusqu'à ce que vous ayez la chair de poule », lut-elle sur le papyrus.

— Dans ce cas, nous devons certainement approcher, lui dit Athéna en frissonnant.

Prenant conscience qu'elle avait froid elle aussi, elle releva la capuche de sa cape pour garder ses serpents au chaud. Les filles volaient désormais très haut, leur cape battant au vent derrière elles.

— J'espère que nous allons bientôt trouver l'endroit, dit-elle, sinon nous allons nous transformer en sucettes glacées au nectar.

Les deux filles regardèrent en bas ensemble. Une mer gris noir s'agitait. Des icebergs flottants plongeaient dans les flots, puis réapparaissaient. Méduse montra du doigt un bâtiment sur la cime du plus grand iceberg. On aurait dit un gigantesque bol retourné. Un igloo! On pouvait lire sur le dessus, en lettres sculptées dans la glace : « Bureau des dames en gris ».

— Descendons, dit Athéna, qui hocha la tête en le voyant.

Les filles plongèrent, puis elles ralentirent au moment où leurs pieds furent sur le point de toucher le sol.

Méduse défit le ruban qui retenait leurs poignets, libérant ainsi leurs mains. Puis elles se mirent à marcher.

— Ah! dit-elle en glissant sur la glace.

Athéna et elle s'agrippèrent l'une à l'autre, se retenant pour ne pas tomber.

— C'est comme faire du patin! dit Athéna en riant.

— Ouais, sauf que je ne sais pas patiner! dit Méduse.

Le brouillard s'enroulait autour de leurs jambes alors qu'elles glissaient en marchant vers l'ouverture de l'igloo. Elles entrèrent à quatre pattes par le long tunnel qui servait de porte d'entrée.

— Il fait chaud, ici, dit Athéna avec surprise une fois qu'elles se relevèrent dans la partie principale de l'igloo.

— En effet, dit Méduse en hochant la tête. Je ne m'attendais pas à ce qu'une maison de glace puisse être si confortable.

Elles se trouvaient dans une sorte de salle d'attente, et il y avait une porte dans la paroi, qu'elle imaginait mener au bureau des conseillères.

Les deux filles dénouèrent les courroies de leurs sandales et enroulèrent les lacets autour des ailes pour les immobiliser. Puis elles se débarrassèrent de leurs capes et les suspendirent à l'un des crochets sur le mur à côté des deux chaises qui se trouvaient dans la petite pièce.

— Reine de la haine ! Tu peux entrer ! dirent trois voix à l'unisson.

Les filles sursautèrent en les entendant. Méduse jeta un regard gêné à

Athéna avant de se précipiter vers la porte où il était écrit « ENTREZ ». Les conseillères étaient-elles au courant pour ses BD ? se demanda-t-elle avec nervosité. Et si c'était le cas, quels autres secrets connaissaient-elles ?

— Je vais t'attendre ici, lui dit Athéna.

S'enfonçant dans l'une des chaises, elle se pencha vers l'une des tables d'appoint, prit une revue intitulée *Trois conseils plutôt qu'un* et y plongea le nez.

Méduse ouvrit la porte et entra dans la salle de consultation. À l'intérieur, il n'y avait pas de meubles, uniquement trois monticules de mousse grise clairsemée qui avaient à peu près l'air de bottes de foin. Il y en avait un petit, un moyen à peu près de la taille de Méduse et un grand.

— Allô? lança-t-elle en refermant la porte derrière elle.

— Donne-moi le globe! dit soudainement le plus grand des monticules.

— Quoi? demanda Méduse, surprise.

— L'œil, mes sœurs, l'œil! Qui est-ce qui l'a?

Sur ce, une main sortit du plus petit monticule. Elle tenait une balle blanche et ronde, et enfonça celle-ci dans la partie du haut que Méduse imagina être le visage. La balle fit un son spongieux. Puis elle lui fit un clin d'œil. Ouache!

C'était en réalité un globe oculaire! Le grand iris gris la regarda de pied en cap.

— Alors, vous êtes les conseillères… les dames en gris? demanda Méduse.

— De quoi a-t-elle l'air? demanda le plus grand monticule, ignorant la question de Méduse. Oh, donne-moi ce bidule afin que nous puissions toutes la regarder.

Splouch! Le petit monticule fit sortir l'œil de son orbite, qui passa d'un monticule gris à l'autre afin que les trois dames puissent voir Méduse tour à tour.

C'était certainement les conseillères, mais elles n'étaient en fin de compte pas faites de mousse ou de foin, constata

Méduse. Ce truc gris ébouriffé était leur chevelure ! Elle était si longue qu'elle touchait le sol et les recouvrait complètement. Et, pour une raison ou pour une autre, elles partageaient cet œil unique à trois. Pour être bizarre, c'était bizarre !

Sous leur regard, Méduse se rappela soudain les Jeux olympiques, la fois où Apollon, le frère d'Artémis, avait affronté Python. Ce serpent menaçant pouvait lire dans l'esprit des gens et il s'était servi de cette habileté pour vaincre ses adversaires.

Mais les conseillères étaient censées aider les élèves, n'est-ce pas ? Pas leur tendre des pièges. Alors, pourquoi avaient-elles fouiné dans son esprit pour

découvrir qu'elle créait des bandes dessinées? Est-ce que ces femmes monticules
pouvaient deviner ses secrets les plus
gênants? Comme son béguin pour
Poséidon? Le vol à l'étalage perpétré par
ses serpents? Son désir de devenir
immortelle et populaire? Elle ne leur faisait pas du tout confiance.

— N'aie pas peur de faire confiance,
dit le plus grand des monticules.

Méduse rejeta la tête en arrière de
surprise. Elles lisaient assurément dans
ses pensées! Ce qui faisait de ces femmes
non seulement des personnages bizarres
et rusés, mais des êtres effrayants, aussi!
Ses serpents s'enroulèrent en petits
anneaux serrés autour de sa tête comme

pour faire un chapeau que les ondes lec-
trices de pensées ne pourraient pas
pénétrer.

La plus grande des femmes-
monticules tira un carré blanc du centre
de son visage et le passa au monticule du
centre, qui le mit sur son propre visage.
Il fallut à Méduse quelques secondes
pour se rendre compte que le carré était
en réalité une très grande dent. Non seulement les femmes-monticules partageaient un œil unique, mais elles
partageaient également une seule dent !
Elles se passèrent la dent à tour de rôle et
ne purent parler que lorsqu'elles la mettaient dans leur bouche. Ce qui les rendaient non seulement bizarres, rusées et

effrayantes, mais également des handi-capées dentaires.

— N'aie pas peur de te faire des amies, lui fit entendre le monticule de taille moyenne avant de passer la dent au plus petit monticule.

— N'aie pas peur d'être gentille, dit-il en y allant de son petit conseil à deux oboles.

Doux dieux! Bien sûr, Méduse ne se souciait pas d'avoir des amis ni d'être gentille, mais ce n'était pas parce qu'elle avait peur de ces machins. Ou en avait-elle peur? Quoi qu'il en soit! Elle n'avait certainement pas besoin que ces étranges conseillères viennent lui dire quoi faire.

— Je peux y aller, maintenant ? demanda-t-elle d'un air de défi.

Les dames en gris eurent l'air confondues. Que s'attendaient-elles à ce qu'elle fasse ? S'incliner devant elles et les remercier ? Leur dire quelque chose comme : « Ouais, quelle idée géniale ! Je promets qu'à partir de maintenant, je serai super gentille et que tout le monde va m'aimer et vouloir être ami avec moi » ? Pas question !

Comme la plupart des gens, ces femmes-monticules n'arrivaient pas à la saisir. Mais au moins, elles ne semblaient pas connaître tous ses secrets... Peut-être le chapeau que formaient ses serpents fonctionnait-il pour les empêcher de lire dans ses pensées.

— Tu peux t'en aller si tu veux, dit le plus petit monticule, qui avait toujours la dent. Mais réfléchis à ce que nous t'avons dit.

— C'est ça, marmonna Méduse. Je vais m'y mettre tout de suite.

— C'est bien, dit le petit monticule, l'air content.

Comme la propre mère de Méduse, ces femmes-monticules ne semblaient pas déceler son sarcasme. Alors qu'elle sortait de la pièce à pas vifs, Petipois, son serpent le plus câlin, lui frotta doucement la joue pour essayer de la calmer.

— Allons-y, dit Méduse à Athéna sans la regarder.

— Je ne peux pas, c'est moi la suivante, répondit Athéna en posant sa revue, puis se levant de sa chaise d'un bond.

Au même moment, les trois dames l'appelèrent.

— Fille de Zeus ! Tu peux entrer !

— Hein ?

Lorsqu'Athéna passa devant elle pour entrer dans le bureau, Méduse la dévisagea avec surprise. Elle pensait que Zeus l'avait envoyée uniquement pour l'escorter, et Athéna ne l'avait pas détrompée à ce sujet. Elle avait donc cru que c'était le cas. Mais il semblait que les dames en gris aient ordonné à Athéna de venir elle aussi pour une séance de consultation! Au nom du ciel et de l'Olympe, pourquoi une jeune déesse intelligente, jolie et populaire comme l'était Athéna aurait-elle besoin des conseils de trois conseillères bizarres, effrayantes et édentées?

Il n'y avait qu'un moyen de le savoir. Furtivement, Méduse appuya une oreille sur la porte fermée. Malheureusement, Athéna parlait trop doucement pour qu'elle puisse entendre ce qu'elle disait. Mais elle pouvait entendre les conseils des femmes-monticules.

— Ne t'en fais pas, disait l'une d'elles.
Ton père ne va pas cesser de t'aimer simplement parce qu'il se marie.

— N'aie pas peur de lui parler de tes
sentiments, dit une autre.

Étaient-elles tombées sur la tête?
Peut-être n'avaient-elles jamais rencontré
Zeus. Il ne lui avait jamais semblé être
une personne du genre à parler de ses
sentiments. Et si Athéna avait peur que
son père l'aime moins une fois qu'il se
serait marié avec Héra, eh bien, selon
Méduse, cela semblait une crainte tout à
fait raisonnable. Après tout, ses parents
à elle n'avaient suffisamment d'amour
que pour ses deux sœurs. Elle se sentait
presque désolée pour Athéna. Les

conseils que lui donnaient les dames en gris étaient tout aussi inutiles que ceux qu'elle avait reçus.

Lorsque le bouton de la porte tourna de manière inattendue, Méduse s'assit sur une chaise d'un bond. Attrapant une revue sur la table, elle fit semblant de lire.

— Tu es prête à partir? demanda-t-elle innocemment lorsqu'Athéna sortit.

Celle-ci hocha la tête. En sortant de l'igloo, les deux filles libérèrent les ailes d'argent de leurs sandales et se prirent par la main. Comme les sandales se mettaient à battre des ailes, Méduse prit conscience qu'elle avait oublié d'attacher leurs poignets avec le ruban noir. «N'aie pas peur de faire confiance… » Les mots de la femme-monticule lui revenaient à l'esprit. Eh bien, peut-être qu'elle allait essayer, juste cette fois-ci.

Peu après, les filles filaient à toute vitesse vers l'Académie du mont Olympe. De temps en temps, Méduse regardait Athéna à la dérobée pour tenter de voir de quelle humeur elle était et espérant qu'elle n'avait pas eu tort de lui faire confiance.

— Alors, tu crois qu'Héra fera une bonne belle-mère ? demanda-t-elle avec curiosité après un moment.

— Je l'espère, dit Athéna.

Si elle avait deviné que Méduse avait entendu les conseils des dames en gris, elle n'en laissa rien paraître.

— Je crois qu'elle sera beaucoup mieux que certaines vraies mères que je connais, crois-moi, dit Méduse. Et elle semble bien t'aimer. Je veux dire, son visage s'adoucit lorsqu'elle te regarde.

Elle n'essayait pas de se montrer gentille, elle ne faisait que dire la vérité.

— Vraiment ? demanda Athéna en lui jetant un coup d'œil.

— Ouais, crois-moi, dit Méduse.

— En fait, dit Athéna en semblant un peu surprise d'en prendre conscience, je te crois. Une bonne chose à ton sujet, c'est que tu ne fais jamais semblant d'être gentille. Alors, quand tu dis quelque chose de gentil, je sais toujours que c'est parce que tu le penses vraiment. Merci, ajouta-t-elle après avoir fait une pause.

Athéna la remerciait? Méduse n'arrivait pas à le croire. Une douce chaleur se répandit en elle. C'était un sentiment qui lui arrivait généralement uniquement lorsqu'elle flattait ses serpents.

— Han, han, murmura-t-elle.

Elle recevait si rarement des compliments qu'elle n'était pas tout à fait certaine de savoir comment réagir. Pendant le reste du trajet de retour, les filles parlèrent de ces bizarres de conseillères en forme de meules de foin, et aussi du mariage qui s'en venait. Le temps passa si vite et Méduse se sentait si bien qu'elle

regretta presque d'être arrivée lorsqu'elles atterrirent dans la cour.

Aphrodite, Perséphone et Artémis
sautèrent de l'escalier de l'école et
envoyèrent la main à Athéna. Est-
ce qu'elles l'avaient attendue tout le temps
qu'elles avaient été absentes ?

— À plus tard, dit Athéna à Méduse
en lâchant sa main.

Puis elle fila rejoindre ses *vraies*
amies.

— Bye, murmura Méduse pour elle.

Elle se sentait un peu blessée, même
si elle savait qu'Athéna n'était pas
méchante avec elle. C'était juste que pendant un instant, elle avait senti qu'Athéna
et elle étaient amies aussi. Cela ne

serait-il pas fantastique, si c'était vraiment le cas? «Ne sois pas idiote», se rembarra-t-elle elle-même en entrant dans l'Académie, puis en grimpant les marches de marbre pour se rendre dans sa chambre seule. Tu parles d'un rêve irréaliste!

Bien entendu, le rêve irréaliste de la petite Andromède s'était réalisé lorsque Dionysos avait fait d'elle sa demoiselle d'honneur. Mais jusque-là, les rêves de Méduse ne lui avaient apporté que de la déception. Mais malgré tout, il y avait un rêve qu'elle refusait d'abandonner... celui du collier d'immortalisation.

Malheureusement, au cours des derniers jours, il ne s'était pas manifesté. Et en attendant qu'il arrive, elle continuait d'aller à la piscine chaque matin pour faire ses longueurs en vue de la compétition. Et dans la classe d'héros-ologie, elle essayait de s'amender auprès de sa petite protégée de la maternelle. Cependant, Andromède n'était pas disposée à lui pardonner si rapidement.

— Tu veux flatter mes serpents de nouveau ? lui proposa Méduse le mardi.

Andromède avait l'air de le vouloir, mais elle se contenta de hausser les épaules et de secouer la tête pour dire non. Le mercredi, Méduse lui proposa de dessiner avec elle, mais sa protégée ne voulut rien savoir. Le jeudi, Méduse était presque prête à jeter la serviette.

« N'aie pas peur de te faire des amis »,

se rappela-t-elle les paroles de l'une des

dames en gris. Ha! Vous ne pouviez pas

forcer quelqu'un à devenir votre ami. Et

surtout pas une petite de cinq ans têtue

comme une mule.

9

Face de serpent

B^{oum!} Méduse s'assit dans son lit et fixa la fenêtre ouverte d'où était venu ce bruit soudain. Il y avait quelque chose sur le sol de sa chambre, juste sous la fenêtre. Un colis! L'un des vents magiques avait-il enfin apporté le collier si attendu? On était déjà au vendredi matin, presque une semaine complète s'étant écoulée depuis qu'elle l'avait commandé.

Elle sauta hors du lit et se précipita vers le colis. Se laissant tomber par terre dans son pyjama vert de mer, elle déchira l'emballage. Super! Le collier d'immortalisation s'y trouvait bien. Elle le détailla, éblouie par la délicate chaîne d'or et la breloque de cheval ailé. Il était encore plus beau que sur l'image de l'annonce dans *Adozine*!

Ses mains tremblaient d'excitation en attachant le collier à son cou. Le souffle coupé, elle attendit de devenir une déesse. Et attendit. Hum. Elle ne sentait rien de différent. Après une minute, elle fouilla dans l'emballage pour y trouver les instructions, mais n'en trouva aucune. Comment ce truc fonctionnait-il, de toute manière ?

Hé, peut-être était-elle déjà transformée en immortelle sans s'en être rendu compte ! Méduse sauta sur ses pieds et se rendit à son bureau pour tester ses pouvoirs magiques. Pointant un doigt vers son rouleau de texte d'héros-ologie, elle fit un geste circulaire.

— Élève-toi, rouleau ! Et danse dans les airs.

Il ne se passa rien. Puis elle se rappela que les incantations magiques fonctionnaient mieux lorsqu'elles rimaient. Elle essaya de nouveau :

— Élève-toi, et danse dans les airs, rouleau !
Car je suis la fille aux cheveux en
serpenteaux !

Ce n'était pas la formule magique la meilleure de tous les temps, mais cela devrait faire l'affaire. Ou non, pensa-t-elle après avoir attendu une bonne minute. Après encore une minute à attendre en vain que le rouleau s'élève, ses épaules s'affaissèrent de déception.

Sa peau n'avait pas non plus commencé à chatoyer légèrement comme celle des immortels. En tendant la main vers le haut de sa tête, elle flatta ses serpents.

— Qu'en pensez-vous, les gars ? Ce collier n'est-il que de la pacotille ?

Dupeur et Slinky s'enroulèrent déli-catement autour de son cou comme pour lui dire que même si le collier d'immor-talisation était un faux, Méduse pouvait toujours compter sur eux et qu'ils seraient heureux de devenir son collier.

— Merci, les gars, dit-elle. Au moins, je peux compter sur vous. Vous êtes tou-jours là pour moi.

Elle trouva le sac de gâteries pour serpents et lança quelques pois secs dans les airs. Les 12 reptiles attrapèrent leur petit déjeuner avec avidité.

Mais pour ce qui était du conseil des stupides conseillères concernant la confiance, on repasserait, songea-t-elle en maugréant. Elle avait eu confiance que le collier fonctionne vraiment, mais cela semblait se révéler n'être qu'un autre rêve voué à l'échec. Elle tendit les mains derrière sa nuque pour détacher le collier, puis elle s'arrêta.

S'apprêtait-elle à abandonner trop vite ? Et s'il fallait laisser au collier d'immortalisation suffisamment de temps pour faire effet ? Elle n'avait rien à perdre à continuer de le porter, n'est-ce pas ? Il était bien joli, après tout.

En enlevant son pyjama pour s'habiller, elle fit le vœu que le collier commence à fonctionner dès le lendemain matin. Parce que c'était le moment où aurait lieu la compétition de Poséidon. Avec des immortels qui participaient à la course, elle aurait besoin du petit coup

de pouce que la magie pourrait lui procurer. En outre, le mariage du directeur
Zeus allait avoir lieu dans deux jours! Si
le collier se mettait à fonctionner, elle
pourrait faire apparaître un porte-éclairs
qui serait encore plus beau que celui
qu'elle avait vu au marché des
immortels.

Le collier ne pouvait pas la laisser
tomber!

En passant un chiton par-dessus sa
tête, Méduse imagina le directeur Zeus
regardant avec émerveillement le magnifique porte-éclairs qu'elle lui offrirait en
cadeau. Elle se figura qu'il se tournerait
vers elle en déclarant : «Tu es la plus
merveilleuse mortelle n'ayant jamais

existé. Si quelqu'un mérite de devenir immortel, c'est bien toi. » Et alors... Elle jeta un coup d'œil à son rouleau BD de la *Reine de la haine*, souhaitant avoir le temps de dessiner toute la scène.

Mais au moment où elle enfilait ses sandales, elle entendit sonner la première cloche-lyre. Oh non ! Les cours allaient commencer sous peu. Pas le temps d'aller nager. Elle attrapa son rouleau de texte et une barre d'énergie en guise de petit déjeuner, puis elle dévala l'escalier pour aller au cours d'héros-ologie.

Dès qu'elle franchit la porte, elle aperçut Andromède, qui était assise de l'autre côté de la pièce. Puisque tous les invités allaient partir après le mariage, c'était le dernier matin que leurs protégés de la maternelle passeraient avec eux. Andromède était si occupée à regarder le rouleau de conte de princesse rose brillant qu'elle tenait à la main qu'elle ne se rendit même pas compte que Méduse s'était approchée d'elle. Sinon, elle se serait probablement sauvée. Cette petite savait certainement se montrer rancunière !

Méduse leva la main pour prendre sa breloque de cheval ailé, en l'agitant au bout de la chaîne qui la retenait. Décidant de mettre le collier à l'essai encore une fois, elle psalmodia sa formule magique :

— Avant que ce cours ne soit fini,

Fais en sorte qu'Andromède soit mon amie !

À l'instant même, Andromède leva les yeux de son rouleau de contes, ses yeux foncés se posant sur le collier.

— Oh ! Un poney. Puis-je le voir ? demanda-t-elle en se penchant vers Méduse.

Elle avait l'air si amicale. Peut-être le collier d'immortalisation commençait-il réellement à fonctionner ! Méduse s'assit afin que la petite fille puisse tenir la breloque et l'inspecter. Il y avait un nom étampé dans le métal au dos de la breloque, que Méduse ne l'avait jamais remarqué avant qu'Andromède ne la retourne.

— « Pégase », lut tout haut Méduse.

Comme dans Pégase, le cheval ailé ? se demanda-t-elle. C'était l'une des créatures fantastiques les plus populaires qu'ils avaient étudiées dans le cours de bêtes-ologie. Cependant, il avait disparu depuis si longtemps que leur enseignant, monsieur Ladon, avait dit qu'il avait été reclassé à titre de mythe ou de légende.

Andromède se mit rapidement à inventer des histoires d'aventures au sujet du cheval, et Méduse entra dans son jeu. Elles se retrouvèrent rapidement à discuter comme des amies tout comme au premier jour. Ce changement était survenu si rapidement que c'était certainement de la magie. Le collier devait fonctionner, du moins un tant soit peu !

Montrant la breloque du doigt, Andromède s'adressa à quelqu'un qui se tenait derrière Méduse.

— Regarde, Dionysos ! Un poney qui s'appelle Pégase. Il est joli, n'est-ce pas ?

Méduse leva les yeux vers le jeune dieu.

— Oui, très joli.

Il sourit en baissant les yeux vers Méduse, et son cœur fit un bond.

Pendant un instant, elle avait cru qu'il voulait dire qu'elle était jolie. Mais bien entendu, il parlait de sa breloque de Pégase. Il lui avait probablement souri parce qu'il était content que sa protégée et elle se fussent réconciliées. Tout de même, son sourire lui avait réchauffé le cœur. À moins que ce ne fût à cause de la barre d'énergie épicée à la cannelle qu'elle avait engloutie en se rendant au cours ?

— Comment se fait-il que tu ne sois pas en train de galoper pour secourir des princesses, ce matin ? lui demanda Méduse.

Il gloussa, ses yeux violets pétillants d'espièglerie. Il avait les cils les plus longs qu'elle avait jamais vus chez un garçon.

— Je suis encore dans mon écurie, je présume. Le prince Persée n'est pas encore arrivé. Il est certainement encore en train de dormir dans son château.

— Non, il ne dort pas, cria le petit garçon, il est juste ici, prêt à se battre contre les méchants !

Tous les trois, ainsi que la plupart des autres personnes dans la classe, se retournèrent pour voir le petit Persée aux cheveux en bataille leur sourire depuis la porte. En position de combat, il brandissait un bouclier jouet et semblait prêt à entreprendre un nouvel épisode de la rescousse de la princesse.

— Hé ! dit Andromède en donnant un petit coup de coude à Méduse et en pointant le doigt en direction de Persée, il y a ton visage sur le bouclier de Persée !

Surprise, Méduse sauta sur ses pieds et alla voir le bouclier de plus près. C'était bien sa face de serpent. Et c'était horrifiant! L'artiste avait peint ses lèvres or et lui avait fait des yeux rouges au lieu de vert pâle. Et ses serpents avaient l'air tout à fait diaboliques!

— Veux-tu bien me dire où tu as eu ça? demanda-t-elle à Persée en examinant le bouclier.

— Mon père me l'a acheté à ce nouveau magasin Devenez un héros. Il est dément, ne crois-tu pas? demanda-t-il, semblant enchanté. Il est censé transformer tes ennemis en pierre. Mon père dit que c'est le jouet le plus populaire sur Terre en ce moment.

On se servait de son visage pour faire peur aux gens ? Comme c'était blessant ! Mais un instant... Persée avait dit que le bouclier était populaire. Cela pouvait-il être à cause de la magie du collier ? Elle avait voulu être populaire, après tout. Seulement, cela n'était pas ce genre de popularité qu'elle avait en tête !

D'autres étudiants s'approchèrent pour examiner le jouet de Persée, dont Athéna, qui prit ensuite Méduse à part.

— Je n'arrive pas à croire que tu aies accepté de prêter ton image pour l'afficher sur ce bouclier, la réprimanda-t-elle calmement. Ce n'est pas seulement de mauvais goût, mais c'est aussi de la fausse représentation. Tu sais que seuls toi ou ton reflet dans un miroir pouvez réellement pétrifier un mortel.

« Et alors ? faillit dire Méduse. J'avais besoin d'argent. »

Mais même si elle aimait Athéna davantage depuis leur visite aux conseillères, son propre bouclier intérieur l'empêchait d'être complètement franche.

— Ce que je fais de mon visage ne regarde que moi, dit-elle plutôt. De plus, Héraclès lui-même a prêté son visage à un sandwich !

— Ce n'est pas vrai ! dit Athéna en défendant son petit ami avec ardeur. Il ne ferait jamais une chose pareille !

— Ha ! dit Méduse en faisant un petit sourire satisfait. Je l'ai vu moi-même. En fait, j'ai même mangé un sandwich avec son visage sur l'emballage. C'est le magasin Devenez un héros qui les vend.

— Alors, c'était un vol d'identité… ou une violation du droit d'auteur ! protesta Athéna. Ou quelque chose comme ça.

La plupart des élèves de la classe s'étaient regroupés autour du bouclier, dont Poséidon. Dionysos était là aussi, son regard passant de l'image sur le bouclier à Méduse comme s'il était en train de les comparer.

— Quoi ? fit Méduse sèchement, les joues en feu, et s'attendant à des insultes.

Ses serpents sifflèrent en dardant la langue.

— Houla, un instant! dit Dionysos en mettant les deux mains devant lui pour contenir la colère des serpents, et celle de Méduse. Avant que toi et tes serpents ne me bouffiez la tête…

— Mes serpents ne mordent pas, l'informa Méduse d'un ton suffisant. À moins que je ne leur en donne l'ordre.

Bien qu'elle ait essayé de l'énerver, Dionysos se contenta de sourire.

— J'ai pigé. Mais ce à quoi je pensais il y a un instant, c'est simplement que tu es beaucoup plus jolie que cette image de toi sur le bouclier. Je veux dire, cet artiste est un idiot! Tes yeux sont verts et pas rouges. Le crétin.

Méduse croisa les bras et lui jeta un regard incrédule. S'agissait-il d'un compliment? Elle n'en était pas certaine. Peut-être était-ce simplement une remarque sarcastique voilée. Mais si c'était un vrai compliment, elle espérait que Poséidon l'avait entendu. Elle ne voyait aucun mal à ce qu'il soit un tantinet jaloux.

Mais regardant de son côté, elle vit que Poséidon s'occupait de son protégé. Andromède et Persée avaient commencé à jouer à la rescousse de la princesse. Poséidon fit un grand sourire lorsqu'Andromède se mit à crier avec une terreur feinte :

— Au secours ! À l'aide ! Sauvez-moi !

— Tiens bon, lui lança Persée. J'arrive !

« Peut-être qu'Andromède a raison », pensa Méduse. Les jeunes dieux aimaient se sentir forts. Il suffisait de voir de quelle manière ils avaient tous lancé des « Oh ! » et des « Ah ! » lorsqu'Héraclès avait accompli ses 12 travaux quelque temps auparavant. Les garçons préféraient-ils vraiment les filles sans défense ? Était-ce la principale raison pour laquelle Poséidon n'avait jamais semblé s'intéresser à elle ? Parce qu'elle était trop forte et trop indépendante ?

Ses yeux revinrent se poser sur Dionysos, qui la dévisageait d'un air des plus bizarres.

— Crois-tu que je suis trop intense, que j'en fais trop ? demanda-t-elle.

— Quoi ? dit-il en riant, surpris.

Mais voyant qu'elle parlait sérieusement, il sembla réfléchir un instant, puis il hocha la tête.

— Parfois, répondit-il.

Et avant qu'elle puisse lui demander ce qu'il voulait dire par là, Poséidon l'appela. Cependant, comme Dionysos se retournait pour partir, elle crut l'entendre ajouter :

— Mais ça me plaît.

Elle secoua la tête pour chasser ses paroles. Elle devait certainement avoir un problème avec ses oreilles ! Dionysos tenait le rôle principal de presque toutes les pièces de théâtre de l'école. Avec ses yeux violets, ses mignonnes fossettes et son sourire charmant, il était plutôt séduisant. Et il ne manquait pas de filles à l'AMO qui étaient pratiquement bouche bée devant lui chaque fois qu'il passait près d'elles. En le regardant aller se joindre au jeu avec Poséidon et leurs protégés, un sentiment étrange l'envahit. Un sentiment plutôt agréable.

Non ! À quoi pensait-elle ? Elle préférait les jeunes dieux à la peau turquoise. N'est-ce pas ?

Au déjeuner, Méduse engouffra un bol rempli de ragoût d'ambroisie et vida un carton de nectar, puis elle examina ses mains avec expectative. Bien que la nourriture des dieux n'eut pas l'effet désiré de faire chatoyer sa peau instantanément, elle refusait d'abandonner l'espoir que le collier d'immortalisation se mette à fonctionner.

Après tout, ses autres souhaits avaient commencé à s'exaucer. Andromède était de nouveau son amie, et le bouclier l'avait rendue populaire (ou à tout le moins tristement célèbre!).

Et ce même après-midi, lorsqu'elle était en route vers le cours de vengeance-ologie, sa matière préférée, un autre de ses rêves se réalisa. Le directeur Zeus la remarqua. Seulement, ce n'était pas de la manière qu'elle aurait espérée.

— Hé toi, avec les serpents ! cria-t-il dans le couloir. Suis-moi…

Et tournant sur une seule sandale surdimensionnée, il se dirigea vers le bureau.

— Pardieu, marmonna-t-elle en traînant les pieds derrière lui.

S'il avait entendu parler du vol à l'étalage, c'en était fait d'elle. Expulsion automatique.

Les neuf têtes de madame Hydre les dévisagèrent tous les deux alors qu'ils entraient dans le bureau de Zeus, mais Méduse le remarqua à peine. Était-elle sur le point de se faire bannir de l'AMO pour toujours ? Renvoyée sur Terre ? Nooooon ! Elle se creusa la tête pour tenter de trouver une excuse qui pourrait la sauver.

En traversant son bureau en désordre, Zeus marcha sur une pile de dossiers, écrasa la boîte de son jeu d'olympuso-poly, puis se cogna l'orteil sur un clas-seur à tiroirs cabossé qui était couché sur le côté au milieu de la pièce.

— Aïe ! Aïe ! Aïe !

Sautillant sur un pied, il réussit à se rendre à son bureau. Et il se laissa tomber sur l'énorme trône doré. En tout autre temps, Méduse aurait trouvé amusante la maladresse de Zeus, mais en ce moment même, elle se sentait comme une prisonnière qu'on emmenait devant le peloton d'exécution.

Dès qu'elle fut assise sur la petite chaise en face de son bureau, Zeus asséna sur son bureau un coup de son énorme poing. Des éclairs fusèrent d'entre ses doigts et s'éteignirent tout aussi rapidement.

— Qu'est-ce que j'entends à propos de la vente de ton image pour l'associer à de vils produits ? Nous ne sommes pas comme ça, à l'AMO. Nous avons des normes à respecter, une réputation à maintenir, ici.

— Hein ?

Elle ne s'était pas attendue à cela.

Mais comment le directeur Zeus avait-il entendu parler si rapidement du bouclier de Persée? Bien sûr, n'importe quel élève du cours d'héros-ologie aurait pu le lui souligner. Ou peut-être était-il lui-même tombé sur le bouclier... qui était populaire, après tout.

Horrifiée, Méduse sentit les larmes lui monter aux yeux. Dans l'ensemble, elle avait passé une semaine plutôt horrible et elle avait rendu suffisamment de personnes fâchées contre elle pour des choses qui n'étaient pas vraiment sa faute. Qui aurait pu deviner que monsieur Dolos aurait utilisé son portrait pour faire peur aux gens?

En la voyant, les yeux de Zeus s'écar-quillèrent d'une manière craintive. Il fit reculer son trône si vite qu'il bascula presque.

— Attends. Tu ne vas pas te mettre à pleurer, n'est-ce pas ?

Tu parles d'être mal à l'aise avec les sentiments ! Ces dames en gris étaient folles d'avoir conseillé à Athéna de parler avec son père de la manière dont elle se sentait.

Méduse se redressa sur sa chaise, déterminée à garder la lèvre supérieure bien immobile. Mais la pensée d'être expulsée de l'AMO était trop envahis-sante, et soudainement toutes ses défenses tombèrent. À sa grande horreur, les larmes qu'elle essayait si fort de retenir se mirent à ruisseler sur ses joues.

— J'ai vendu mon image parce que j'avais besoin d'argent, balbutia-t-elle. Pour acheter un cadeau de mariage pour vous et Héra, et aussi pour…

— Allez, allez, arrête de pleurnicher, l'implora-t-il.

Si quelqu'un d'autre qu'elle avait été en train de pleurer, cela l'aurait fait se bidonner de le voir agir de la sorte. Zeus, qui faisait plus de deux mètres de hauteur et qui était le plus grand et le plus sévère dirigeant de tout l'Olympe, ne pouvant pas composer avec une étudiante qui sanglotait?

Mais elle ne pouvait s'arrêter de pleurer. C'était comme si un barrage avait cédé derrière ses paupières, libérant une inondation de larmes.

— Je ne savais pas qu'on utiliserait mon image sur un bouclier et qu'on dirait que cela pétrifierait les ennemis de ceux qui l'achetaient, continua-t-elle entre deux sanglots. Je croyais seulement que monsieur Dolos utiliserait mon visage sur une meule de fromage gorgonzola ou quelque chose de la sorte. Je le jure. Je ne savais pas que je faisais quelque chose de mal.

— Monsieur Dolos ? répéta Zeus avec surprise, ses yeux s'étrécissant.

Méduse essuya ses yeux mouillés de larmes du revers de la main.

— Vous avez déjà entendu parler de lui?

Poussant un grand soupir, Zeus passa ses doigts dans ses cheveux roux en bataille, ce qui les fit se dresser sur sa tête comme s'ils avaient été électrifiés.

— Ouais, ce gars est un vaurien. Il est si rusé qu'il réussirait à persuader un immortel d'acheter un faux éclair!

Il lui jeta un regard gêné.

— Euh... enfin, c'est ce que j'ai entendu dire, ajouta-t-il.

Méduse retint son souffle, se mettant à espérer qu'il n'allait peut-être pas la renvoyer de l'AMO après tout. Jusqu'à maintenant, il n'avait pas mentionné le vol à l'étalage.

— Hum, êtes-vous toujours en colère après moi ? lui demanda-t-elle enfin.

— Fâché ? J'imagine que non. Le bouclier n'était que la goutte d'eau qui a fait déborder le vase.

Il fronça les sourcils, puis se mit à parler, comme pour lui-même.

— Le problème, c'est vraiment toute cette histoire de mariage. La planification d'une grande fête, ce n'est pas vraiment mon truc.

— Peut-être avez-vous besoin de vacances. D'un peu de temps pour vous reposer, osa suggérer Méduse.

Elle avait peine à croire qu'elle se permettait de donner un conseil au roi des dieux ! Mais les dames en gris donnaient des conseils à tout bout de champ, et elles n'étaient certainement pas des as en cette matière, à ce qu'elle sache.

— Pas possible, dit le directeur en secouant la tête. Héra a besoin de moi. Je lui ai promis d'aller à sa boutique cet après-midi pour choisir des ballons et des rubans et d'autres trucs du genre pour le mariage de dimanche.

Il frissonna, comme si l'idée de s'occuper de décorations était un sort pire que la mort.

— Pourquoi ne demandez-vous pas à Athéna de vous accompagner ? suggéra Méduse. Je parie qu'elle aimerait beaucoup vous aider avec les décorations.

— Athé ?

Zeus se frotta la barbe, l'air pensif.

— Tu sais, ça fait bien trop long-temps que je n'ai pas passé de temps avec ma fille si intelligente. Je vais peut-être lui demander de m'accompagner au magasin d'Héra. Quelle idée géniale ! Je suis bien content d'y avoir pensé.

Puis, sautant sur ses pieds, Zeus cria :

— Madame Hydre ! Annulez tous mes rendez-vous. Je m'en vais voir ma fille préférée de tous les temps !

La tête la plus joyeuse de madame Hydre, celle qui était jaune soleil, fit son apparition dans le cadre de porte.

— Certainement, monsieur, répondit-elle gaiement.

Puis la tête s'éclipsa et reprit sa place avec les huit autres têtes au comptoir d'accueil.

« Wow ! Athéna va être ravie », pensa Méduse comme le directeur Zeus sortait de son bureau. Et puisqu'il pensait que c'était son idée à lui, Athéna ne saurait jamais qu'en réalité c'était elle qui le lui avait conseillé. Bien entendu, elle n'avait pas eu l'intention de faire quoi que ce soit de gentil envers Athéna. Enfin, pas vraiment. L'idée était juste apparue comme ça dans son esprit. Comme par magie. De toute évidence, encore une preuve de plus que le collier d'immortalisation fonctionnait !

Méduse se leva de sa chaise pour partir. Mais alors, voyant que madame

Hydre ne faisait pas attention à elle, elle changea d'idée. Se rendant sur la pointe des pieds jusqu'au trône de Zeus, elle s'y assit juste pour voir. S'appuyant sur le dossier, elle croisa ses pieds sur le bureau. Puis elle étudia le bureau en détail, essayant de le mémoriser afin de pouvoir le dessiner dans le prochain épisode de sa BD *La reine de la haine*. Remarquant sur le bureau de Zeus une pile de revues de mariage qu'Héra devait avoir laissé là, elle prit un numéro du *Guide de la mariée déesse* et fixa en rêvassant la mariée et ses demoiselles d'honneur qui figuraient sur la couverture.

— J'espère que ça ne vous dérangera pas de porter des roses orange, les gars, murmura-t-elle à ses serpents. Parce que je crois que ce collier commence à faire son effet. Ce qui veut dire que je vais gagner cette compétition de natation demain. Ce qui veut dire que je vais être demoiselle d'honneur. Et ce qui veut dire aussi que nous allons descendre l'allée de l'église au bras de Poséidon! soupira-t-elle joyeusement.

10

La course de natation

Le lendemain matin, Méduse enfila son maillot de bain et se dépêcha de se rendre à la piscine souterraine dans la grotte qui se trouvait sous le gymnase de l'AMO. La compétition de Poséidon était sur le point de commencer !

Les rangées de gradins en pierre de l'un des côtés de la piscine étaient déjà remplies d'étudiants qui étaient venus y assister. La plupart des jeunes dieux y étaient, mais elle ne vit pas Dionysos. En revanche, Athéna, Aphrodite, Artémis et Perséphone étaient dans les gradins, et Athéna sourit et fit des signes de la main dans sa direction. Méduse l'ignora, se figurant qu'elle envoyait la main à quelqu'un d'autre... à une vraie amie.

En s'étirant pour se réchauffer en vue de l'épreuve, Méduse prenait le pouls de ses concurrentes. Environ la moitié des filles étaient des mortelles. Certaines étaient les filles des invités au mariage, et les autres étaient des élèves de l'AMO. Et il y avait Pandore. Hein ? Cette fille était-elle devenue folle ? Elle ne pouvait même pas nager sans flotteurs. Au moins, elle avait eu la bonne idée d'en porter aux bras. Sauf que cela allait la ralentir. Elle ne pouvait que rêver de gagner une telle compétition.

Une seule fille remporterait l'honneur d'être la demoiselle d'honneur de Poséidon lors du mariage de Zeus. Et son nom commençait par un M comme « merveilleuse », « magnifique », « moi » ! pensa Méduse, de très bonne humeur.

Elle toucha la breloque de Pégase à son cou, s'assurant que le collier d'immortalisation était toujours en place. En faisant des cercles avec les bras pour délier ses muscles, elle laissa son regard porter subrepticement sur son super béguin.

Trident en main, Poséidon était occupé à user de sa magie pour redessiner le parcours de la course. Pour la compétition du jour, il avait créé une piscine en forme d'octogone remplie d'eau turquoise étincelante. Et pour rendre la compétition plus difficile, il avait ajouté des obstacles comme des statues de dauphins qui sautaient et frétillaient dans l'eau, des fontaines en forme d'hippocampes qui crachaient de l'eau et une grosse île de pierre bleue au centre de la piscine.

Les nageuses étaient censées faire le tour du rocher jusqu'à la ligne d'arrivée qui était faite de rangs de perles et d'aigue-marine torsadés. Elle estima qu'il ne lui faudrait pas plus de cinq minutes pour l'atteindre. Puis la course serait terminée.

Entendant des rires d'enfants, Méduse leva la tête vers le pont que Poséidon avait créé au-dessus de la piscine. Il formait une arche au-dessus de l'île, et ses côtés étaient inclinés et revêtus de morceaux de coquillages qui formaient une mosaïque représentant des scènes du royaume de Poséidon, la mer. On y voyait des barrières de corail, des poissons aux couleurs vives et des créatures marines qui semblaient si réelles qu'elles bougeaient presque.

Certains des petits protégés de la maternelle étaient assis ou debout sur le pont pour regarder la course. Il y avait entre autres parmi les enfants Cetus, Andromède et Persée. Méduse envoya la main à Andromède, qui lui fit elle aussi un signe.

— Nageuses! appela Poséidon pour attirer leur attention. À vos marques.

Méduse changea rapidement ses lunettes antipierre pour des lunettes de natation antipierre, qui elles aussi l'empêchaient de transformer les mortels en pierre, mais pendant qu'elle était dans l'eau. Puis elle alla se placer au bout de la piscine, épaule à épaule avec les autres nageuses. Ses serpents s'enroulèrent serrés autour de sa tête en forme de bonnet de bain.

Lorsqu'elle regarda le profil séduisant de Poséidon, un soupir lui échappa. Ne voyait-il pas qu'ils étaient faits l'un pour l'autre ? Elle était une nageuse exceptionnelle ; il était le dieu de la mer. La plupart des océans abritaient des créatures de mer qui ressemblaient beaucoup à des serpents géants. Et elle avait des cheveux en serpents. C'était l'évidence même. Ils avaient tant de choses en commun que ce n'en était même pas drôle !

— Prêtes ! cria Poséidon.

Et toutes les nageuses se penchèrent vers l'avant.

Si elle croyait à la magie du collier, c'est-à-dire si elle avait un peu plus confiance qu'il fonctionnerait, est-ce que cela l'aiderait ? Cela ne pouvait pas faire de mal. Méduse prit la breloque dans son poing fermé. Serrant les yeux, elle prononça une incantation magique à voix basse :

— *Fais-moi gagner. Fais-moi gagner.*

Ce n'était pas une rime, mais elle n'avait pas le temps d'en inventer une !

— Partez ! cria Poséidon en levant son trident haut dans les airs.

Splouch ! Toutes les concurrentes plongèrent en même temps. Méduse avançait à grandes brassées puissantes et fut bientôt en tête.

« Ça va être terminé en un rien de temps », pensa-t-elle avec joie.

Mais alors qu'elle faisait le tour du rocher, elle remarqua que la ligne d'arrivée semblait toujours s'éloigner. Poséidon la déplaçait de temps en temps pour faire durer la course. Il aurait au moins pu les aviser que c'est ce qu'il aurait fait ! Et elles continuaient à nager en rond. Lorsqu'elle sortit la tête pour respirer, elle vit Pandore qui était assise sur le côté de la piscine. Elle avait déjà déclaré forfait. Tout comme quelques autres filles. Yééée !

Enfin, la ligne d'arrivée cessa de reculer. Elle n'était plus qu'à une trentaine de mètres devant elle. Déterminée, Méduse accéléra, augmentant ainsi son avance. La victoire était presque à portée de la main.

— À l'aide ! entendit-elle Andromède crier au loin.

S'imaginant qu'elle était encore en train de jouer à la rescousse de la princesse, Méduse continua à nager. Mais lorsqu'elle sortit de nouveau la tête pour respirer, elle remarqua quelque chose qui bougeait sur le rocher sous le pont au centre de la piscine. Andromède ? Comment avait-elle fait pour descendre jusque-là ?

— Au secours ! À l'aide ! criait la petite fille.

Elle avait dû tomber du pont. Ou peut-être l'avait-on poussée ! Bien que Méduse continuât à nager, chaque fois qu'elle sortait la tête pour respirer, elle regardait par-dessus son épaule.

Splouch ! Splouch ! Splouch ! Cetus et certains des autres serpents de mer et nymphes marines plongèrent dans la piscine. Il leur poussa une queue de poisson dès l'instant où ils touchèrent l'eau, et ils étaient maintenant en train de nager autour du rocher comme des requins.

— Retire tes paroles de l'autre jour ! criait Cetus à Andromède.

— Ouais. Pas question que tu sois plus jolie que nous, crièrent les nymphes.

Fouettant l'eau de leurs queues, elles envoyèrent une gosse vague sur Andromède, qui fut trempée en une seconde.

— Tout le monde sait que les créatures marines sont les plus belles de toutes, ajoutèrent-elles.

Méduse ralentit son allure, et les autres nageuses gagnèrent du terrain. «Pourquoi personne ne met-il fin à ce qui était en train de se passer sur le rocher?» se demanda-t-elle. Mais toutes les nageuses qui restaient avaient déjà dépassé le rocher et entamaient leur dernière longueur. Et la foule était

occupée à acclamer ses nageuses préfé-
rées. Personne d'autre ne semblait avoir
remarqué ce qui se passait. Ou peut-
être tout le monde pensait-il que les
enfants étaient simplement en train de
jouer.

Elle regarda la ligne d'arrivée devant
elle, déchirée par la décision qu'elle
devait prendre. Continuer à nager ou
revenir en arrière et réaliser une vraie
rescousse de princesse ? Puis, en exha-
lant un soupir qui ressemblait davantage
à un gargouillis parce qu'elle était dans
l'eau, elle changea de cap et se mit à
nager vers le rocher. Les autres nageuses
filèrent devant elle dans la direction
opposée, vers la ligne d'arrivée.

— Tu n'es pas une jolie princesse, disait l'un des serpents de mer en narguant Andromède. Tu es une poule mouillée !

— Non ! Elle est bien une princesse jolie… joliment effrayée par l'eau, cria un autre.

Et tous riaient, battant de la queue pour l'arroser.

— Arrêtez ça ! Vous êtes méchants ! Je ne sais pas nager.

Accrochée au gros rocher, Andromède refusait avec entêtement de retirer ses paroles. Ou peut-être était-elle trop effrayée pour penser correctement.

Au même moment, le petit Persée fit une courageuse tentative pour la secourir des brutes qui l'intimidaient. Passant par-dessus la rambarde du pont, il réussit à descendre sur le rocher et vint se placer devant Andromède d'un air protecteur.

— Retirez-vous, ou vous serez changés en pierre, ennemis ! dit-il en brandissant son bouclier à l'effigie de Méduse devant les serpents de mer.

— Ha ! Ha ! Ces boucliers ne fonctionnent pas ! dit l'une des nymphes les plus âgées. Ce sont des faux. Tout comme Andromède est une fausse princesse !

— Je suis une vraie princesse, insista Andromède, qui pleurait désormais.

Méduse fila dans l'eau de plus en plus vite. Elle n'allait pas les laisser embêter cette petite fille une seule minute de plus ! Elle plongea, puis réapparut à la surface au beau milieu des créatures marines.

— Les boucliers ne fonctionnement sans doute pas, dit-elle en les fixant des yeux, mais mon vrai regard, lui, fonctionne très bien. Dans trois secondes, je vais enlever ces lunettes. Ce qui veut dire que vous feriez mieux de déguerpir si vous ne voulez pas être pétrifiés. Une... deux...

En un coup de queue, les créatures marines avaient déjà disparu.

Méduse tendit la main à Andromède et à Persée.

— Venez, vous deux, je vais vous emmener à la nage jusqu'au bord.

Il s'avéra que Persée pouvait nager seul, mais il lui fallut quelques minutes pour convaincre Andromède d'entrer dans l'eau. L'entourant d'un de ses bras, Méduse se servit de son bras libre pour nager et la ramener au bord de la piscine.

La course était maintenant terminée. Et la foule avait finalement remarqué ce qui se passait sur le rocher, et certains des spectateurs s'étaient approchés pour les aider à sortir de l'eau.

Un portraitiste de *La Presse de Grèce* arriva rouleau et plume en main.

Dévisageant Andromède et elle, il s'affaira à faire une esquisse des deux filles. Pourquoi les dessinait-il ? se demanda Méduse. N'était-il pas censé faire le portrait de la gagnante de la course ?

Puis elle se dit que son travail consistait sans doute à couvrir tout de qui touchait le mariage du lendemain, ce qui incluait les demoiselles d'honneur. Et bien entendu, Andromède était l'une d'entre elles. Mais assurément pas elle-même. Parce qu'en allant aider sa petite protégée, Méduse avait perdu la course.

Quelqu'un lui tendit ses lunettes anti-pierre et elle enleva les lunettes de natation pour les remplacer par celles-ci. Elle ne savait pas qui avait gagné la course et elle ne s'en souciait pas. Ni la foule non plus, semblait-il. Presque tout le monde s'était regroupé autour d'Andromède, de Persée et d'elle. Apercevant Poséidon qui se tenait non loin, Méduse fendit la foule pour aller vers lui. Il tenait à la main une couronne de jolis asters maritimes blancs pour la gagnante de son concours.

— Pourquoi ne surveillais-tu pas ces petits enfants ? demanda-t-elle d'une voix qui résonna dans toute la grotte.

La foule se tut pour entendre, mais elle ne remarqua rien.

— Ils auraient pu se noyer, tu sais ! Comment as-tu pu être si imprudent ?

— Tu as raison, tu as raison. Désolé, dit Poséidon.

Regardant tout autour les gens qui le regardaient, il souriait et envoyait la main. Il ne semblait prendre rien de tout cela bien au sérieux !

— Hé, ajouta-t-il en faisant des clins d'œil aux badauds. Il n'y a pas eu de blessés, n'est-ce pas ? Et Méduse n'a-t-elle pas été fantastique là-bas ? Une vraie héroïne ! Applaudissons-la. Yahoo !

Glissant la couronne d'asters sur son bras comme un bracelet trop grand afin d'avoir les mains libres, il se mit à l'applaudir. Son enthousiasme était si contagieux que tout le monde l'imita. Les applaudissements étaient agréables, mais elle était loin d'être prête à lui pardonner.

Une nymphe marine qui se tenait non loin n'avait pas l'air très contente non plus. La gagnante de la course, devina Méduse. Une serviette sur les épaules, la fille dégoulinait et elle regardait Poséidon comme si elle voulait se faire remarquer de lui. Méduse savait exactement l'effet que ça faisait de se languir d'avoir son attention. C'est ce qu'elle faisait depuis des années.

— Ne vas-tu pas nous présenter ta demoiselle d'honneur ? demanda Méduse en faisant un geste en direction de la nymphe.

— Oh, bien sûr. Dans un instant, répondit Poséidon en haussant les épaules. Mais avant, ajouta-t-il en se penchant vers elle, je voulais te dire qu'entre toi et moi, j'aurais vraiment espéré que tu gagnes. Tu étais en tête pendant la plus grande partie de la course. Tu l'as mérité, dit-il d'une voix admirative trop basse pour que la foule l'entende.

Mais suffisamment haute pour que la nymphe qui venait de gagner l'entende. Un soupçon d'embarras se dessina sur son visage.

Méduse se hérissa. Poséidon se montrait terriblement rustre! Il ne semblait pas du tout se soucier de ce que pouvait ressentir la nymphe.

— Tu sais, je ne serai pas obligé de rester avec ma demoiselle d'honneur après la cérémonie, demain, poursuivit-il. Tu veux me réserver une danse ? Ou peut-être qu'on pourra traîner ensemble ?

Fixant les magnifiques yeux turquoise de Poséidon, Méduse se demandait pourquoi elle ne sautait pas de joie. C'était bien ce qu'elle avait voulu, n'est-ce pas ? Qu'il lui accorde toute son attention ? Il agissait comme s'il l'aimait bien. Pourquoi ne se sentait-elle pas aussi bien que ce qu'elle avait imaginé ? Peut-être était-ce à cause de cette nymphe marine qui rôdait derrière lui, l'air mal à l'aise et blessée. Ne s'était-elle pas elle aussi sentie comme ça un nombre incalculable de fois ?

Quelqu'un lui tendit une serviette sèche, et elle commença à éponger ses serpents. Le regard de Poséidon se dirigea vers le dessus de sa tête, et il plissa le nez comme s'il venait de percevoir une odeur nauséabonde.

— Juste une petite chose, murmurat-il en exhibant son sourire préfabriqué de beau gosse. Pourrais-tu porter un chapeau, demain, ou peut-être un voile ? Tu sais, pour cacher tes… cheveux ?

La moutarde monta au nez de Méduse. Ses sœurs pouvaient s'en tirer de dire des choses comme ça parce qu'elles étaient, eh bien, ses sœurs. Mais lui, comment osait-il ? Elle le dévisagea comme si pour la première fois elle le voyait sous son jour véritable. Ses serpents se figèrent sur place, attendant de voir ce qu'elle ferait; si elle venait à leur défense ou non. Eh bien, personne ne pouvait insulter ses serpents et s'en sortir indemne!

Elle fit un pas vers Poséidon et planta le bout de son index dans sa poitrine.

— Tu sais ce que tu es? dit-elle. Un ophidiophobe!

— Hein? Mais non, dit-il l'air confus.

Il était évident qu'il ne savait pas du tout ce qu'était un ophidiophobe.

— Cela signifie que même si tu règnes sur les puissants serpents de mer,

tu as peur de mes petits serpents à moi!
dit Méduse.

— Ce n'est pas vrai! protesta-t-il.

— Oui, c'est vrai. Tu me l'as déjà
avoué une fois, dit une voix de fille.

Méduse se retourna et vit que c'était
Athéna qui avait parlé. Ses amies et elle
étaient tout près, en train de réconforter
Andromède. Il semblait bien que tout
le monde eût entendu leur petite
discussion.

— Eh bien, qui n'est pas dégoûté par
les serpents? se défendit Poséidon.
Demande à n'importe quel jeune dieu s'il
a envie de sortir avec une fille qui a des
serpents sifflants et se tortillant en guise

de cheveux! Je ne crois pas qu'il y en ait un seul.

Pour la première fois, Méduse prenait conscience à quel point Poséidon était superficiel. Avait-il toujours été comme ça? se demanda-t-elle. Pourquoi ne l'avait-elle jamais remarqué avant? Peut-être avait-elle été aveuglée par ce sourire magnifique qu'il lui avait fait lorsqu'elle était arrivée à l'AMO. Mais elle se dit que quelqu'un pouvait se montrer aimable et néanmoins être superficiel.

— Tout ce que je te demande, c'est de couvrir tes cheveux pour le mariage. Ce n'est pas une grosse affaire, n'est-ce pas?

Alors, voyons, qu'en penses-tu ? lui demanda Poséidon.

Et bien qu'il se rapprochât d'elle, il semblait regarder quelqu'un derrière elle. Elle regarda par-dessus son épaule et vit l'artiste de *La Presse de Grèce* qui avait dessiné son portrait un peu plus tôt. Il dessinait toujours. Et Poséidon essayait d'être dans l'image lui aussi !

— Je vais te dire ce que j'en pense, dit-elle à Poséidon.

Elle fit une pause pour enfiler ses sandales, puis le regarda de nouveau en nouant sa serviette autour de sa taille avec brusquerie.

— Je crois que tu es égocentrique comme ce n'est pas possible, poursuivit-elle. Et tu sais quoi d'autre ? Je crois que tu devrais prendre ce trident et te le mettre dans le nez, face de poisson !

Faisant volte-face, elle sortit à pas vifs du gymnase, passa devant les terrains de sport, traversa la cour et entra dans l'Académie, laissant une trace de gouttelettes d'eau sur son passage. Poséidon avait détruit l'image qu'elle avait de lui à cause de son manque d'égards pour ses serpents, pour Andromède et même pour la nymphe marine qui avait gagné la course. Maintenant, elle allait détruire d'autres sortes d'images.

Arrivée dans sa chambre, elle claqua la porte et se rendit directement à son babillard « béguin pour Poséidon ». Elle en arracha toutes les images et tous les objets qui y étaient épinglés et les réduisit en mille morceaux, détruisant tout ce qu'elle avait collectionné depuis des années. Puis elle jeta les rebuts dans sa poubelle et se tint là sans bouger, se sentant très mal.

Lorsqu'elle tendit les mains pour flatter ses serpents, ceux-ci s'enroulèrent délicatement autour de ses poignets.

— Vous avez raison, les gars, leur dit-elle. Il n'en vaut pas la peine.

Toutefois, son béguin pour le jeune dieu avait habité ses pensées depuis si longtemps qu'elle se sentait bien seule tout à coup. À quoi allait-elle passer son temps libre désormais? Elle ne pouvait pas étudier tout le temps.

Entendant du brouhaha à l'extérieur, Méduse regarda par la fenêtre dans la cour, quatre étages plus bas. Hermès venait juste d'atterrir avec son char. Et pendant qu'elle le regardait, Dionysos sortit de l'arrière du char en portant un gros sac postal sur une épaule. Quelque chose gigotait à l'intérieur.

Soudain, il leva la tête et regarda vers sa fenêtre. Elle s'accroupit précipitamment pour se cacher derrière le mur sous le rebord de la fenêtre. Pardieu! L'avait-il vue? Elle espérait que non. Elle était horrible, toute mouillée après son passage dans la piscine. Elle remarqua alors que ses serpents, curieux, étaient dressés sur sa tête, regardant par la fenêtre au-dessus d'elle. Elle les rabattit eux aussi.

Qu'y avait-il dans ce sac que transportait Dionysos? se demanda-t-elle. Un cadeau de mariage magique pour Zeus et Héra? Hé! À cause de toute la commotion à la piscine, elle avait totalement oublié son collier! C'était maintenant le moment idéal pour son ultime test de magie. Elle allait s'en servir pour son propre cadeau, ou du moins, elle allait essayer. Elle porta les doigts à sa chaîne, la tortillant d'un côté et de l'autre, cherchant la breloque en forme de cheval ailé qui y était suspendue. Mais elle n'y était plus!

Oh non! Pouvait-elle être tombée dans la piscine? Portant encore son maillot de bain et sa serviette, elle revint sur ses pas jusqu'au gymnase. Tête baissée, elle regardait au sol au cas où elle la trouverait en chemin. Lorsqu'elle atteignit la grotte, celle-ci était déserte, et la piscine avait maintenant pris la forme d'un cœur pour le mariage du lendemain.

Poséidon l'avait remplie de fleurs flottantes, et leur parfum délicat remplissait l'air. Se mettant à genoux au bord de la piscine, Méduse repoussa certaines des fleurs de côté et chercha la breloque des yeux dans les eaux profondes.

Était-ce un éclat doré qu'elle venait de voir ? Oui ! La breloque était là, au fond du bassin. Elle plongea et alla la chercher. Puis, assise sur le bord, elle mit la breloque dans son poing fermé et inventa une rime qui pourrait fonctionner, du moins l'espérait-elle. C'était maintenant ou jamais.

— *Collier magique,*
Manifeste-toi et apporte-moi
Un cadeau magique, digne d'un roi.
Un porte-éclairs, robuste et authentique.
Apporte-le-moi sans plus de cérémonie !

«De cérémonie»? Ha! Elle avait chipé le mot préféré du héraut de l'AMO! Mais les minutes passaient, et il ne se passait rien. Son rêve de faire apparaître un merveilleux cadeau de mariage se brisait lentement en mille miettes. Tout comme elle l'avait fait avec le contenu de son babillard. Et si le collier magique ne fonctionnait pas pour fabriquer un cadeau, il ne la rendrait certainement pas immortelle.

Elle arracha la chaîne à son cou et jeta breloque et chaîne dans la piscine. Les regardant couler, elle sentit son cœur et ses espérances couler avec elles. De même que ses rêves, réalistes ou pas.

11

Sœurs, ennemis et amies

— Tu nous dois 15 ménages de chambre, lui annonça Sthéno 2 heures plus tard, lorsque les triplettes finissaient de manger leur déjeuner à la cafétéria à leur table habituelle.

Cette réclamation non fondée fit sortir Méduse de sa torpeur.

— Pas question! J'ai promis de le faire une seule fois, protesta-t-elle.

Elle lécha la sucette glacée vert lime au nectar qu'elle avait choisie comme dessert.

— Ça, c'était avant que nous te rendions un immense service, l'informa Euryale.

— Quel service?

— Nous avons arrangé les choses à la boutique Cadeaux des dieux, dit Sthéno. Après que tu aies volé à l'étalage.

— Comment? Je veux dire, quand? Je veux dire, je n'ai pas volé… répondit Méduse, les yeux écarquillés.

— Ouais, c'est ça. Tu diras ça au juge, dit Euryale en lui coupant la parole. Nous y sommes allées juste après que tu aies quitté le magasin et nous nous sommes servies de notre magie pour faire en sorte que toutes les marionnettes des boîtes à surprise oublient qu'ils t'avaient vue.

— Et les gardes, aussi, ajouta Sthéno. Alors maintenant, nous considérons que tu nous dois 15 nettoyages. C'est-à-dire 2 pour les gardes, plus les 12 marionnettes, plus celui pour t'avoir emmenée jusqu'au marché ce jour-là.

Après un instant, Méduse hocha la tête. À vrai dire, elle était extrêmement soulagée de ne plus avoir à s'en faire au sujet de l'incident du vol à l'étalage. Sa place à l'AMO était assurée. Cependant, cela aurait été chouette de la part de ses sœurs de lui en avoir parlé plus tôt. Comme cela leur ressemblait de l'avoir laissée mariner pendant tout ce temps !

Soudain, elle vit Dionysos de l'autre côté de la cafétéria. À sa grande surprise, il lui fit signe de venir le rejoindre.

— Duduse et Dionysos assis sous un arbre, la taquina doucement Sthéno.

— En train de s'E-M-B-R-A-S-S-E-R, termina Euryale.

— Oh, la ferme, marmonna Méduse en levant les yeux au ciel.

Léchant toujours sa sucette glacée au nectar, elle alla voir ce qu'il voulait.

— J'ai un cadeau pour toi, lui dit-il en la dirigeant vers l'extérieur. Je l'ai apporté dans le char d'Hermès ce matin.

Curieuse, Méduse le suivit hors de la cafétéria, puis elle s'arrêta pile. À quelques pas de là, elle vit le gros sac postal gigotant qu'elle avait vu de sa fenêtre un peu plus tôt. Dionysos détacha les cordons du sac, et la tête de monsieur Dolos en émergea d'un coup ! Elle fixa le petit homme rond avec ses cheveux noirs gominés et sa moustache bien cirée et enroulée.

— Que faites-vous ici ?

— C'est moi qui l'ai amené, répondit Dionysos.

— Dans un sac de la poste ? demanda Méduse, un peu perdue.

— L'enfermer dans un sac a été le seul moyen de l'empêcher de tenter de convaincre Hermès de lui céder son image pour une nouvelle collection de chaussures en forme de char. Pendant un instant là-haut, j'ai cru qu'Hermès allait le jeter par-dessus bord.

— Que puis-dire pour ma défense ? dit monsieur Dolos en haussant les épaules. Je suis un homme d'affaires.

— Non, dit Méduse. Vous êtes un menteur, voilà ce que vous êtes.

Et elle pointa le bout de sa sucette glacée en sa direction d'un coup sec. De petites gouttes vertes allèrent accidentellement s'écraser sur sa tunique à damier jaune et noir.

— Qui, moi? dit monsieur Dolos en regardant les gouttes vertes avec consternation, puis en regardant Méduse de nouveau. Je n'ai rien fait de mal.

Mais malgré ses paroles, elle pouvait voir dans ses yeux qu'il ne disait pas la vérité. Il se fichait du mal qu'il pouvait faire aux autres tant qu'il en tirait du profit!

— Ne t'en prends pas à moi si tu es déçue de ton marché, dit-il sur la défensive. N'as-tu pas lu les clauses en petits caractères dans ton contrat?

— Non, admit-elle, mais vous ne m'en avez pas vraiment laissé l'occasion.

— Ou peut-être étais-tu trop pressée que je te remette les 30 drachmes, dit monsieur Dolos en tortillant la pointe de sa moustache.

En entendant ça, Dionysos leva un sourcil interrogateur. Méduse espéra qu'il ne pensait pas qu'elle était avide.

— Mais les boucliers ne fonctionnent même pas, protesta-t-elle. Ils ne sont pas magiques du tout.

— Ça ne fait rien, insista monsieur Dolos. Ce qui compte, c'est que mes clients pensent qu'ils sont magiques.

Ça les fait se sentir comme des héros. Et leur donne confiance en eux. Et n'est-ce pas ce qu'il nous faut pour vaincre nos ennemis ?

Méduse ne croyait pas que cette logique était bonne, mais avant même qu'elle puisse s'opposer, il continua.

— Oh, j'avais presque oublié. Voilà pour toi.

Et tendant la main dans le sac de la poste à ses pieds, il en tira une sacoche de drachmes.

— C'est ta part des gains, dit-il. Je t'avais dit que tu ferais un malheur !

Méduse était si surprise qu'elle prit la sacoche.

Elle sentait le poids des pièces. Il devait y avoir au moins une centaine de drachmes dans le sac! Avec ceci, elle pourrait acheter un très beau cadeau de mariage. Mais l'argent ne pourrait pas lui procurer l'immortalité qu'elle convoitait. Et si elle prenait l'argent, cela ne reviendrait-il pas à accepter que monsieur Dolos fasse ce qu'il voulait avec son image? Que c'était correct de mentir à ses clients au sujet des propriétés magiques du bouclier?

— Pas d'accord, lui dit-elle en lui remettant la sacoche.

Pourtant, monsieur Dolos le remarqua à peine. Ses yeux

s'écarquillèrent alors qu'il regardait quelque chose derrière eux.

— Peu importe. Il faut que je me sauve, maintenant ! cria-t-il alors que Zeus tonnait après lui.

— Reviens ici, espèce de voleur ! criait le directeur. Cet éclair que tu m'as vendu était aussi réel qu'une licorne violette !

Zeus le prit en chasse, attaquant le petit homme en lui lançant de minuscules éclairs électriques qui faisaient glapir monsieur Dolos.

Méduse fit un sourire à Dionysos alors qu'ils les regardaient s'éloigner.

— Qui sait ? Ce sera peut-être l'étincelle dont avait besoin monsieur

Dolos pour changer ses pratiques commerciales !

Dionysos se mit à rire, ce qui mit ses fossettes en évidence.

— Oh, verte fille, tu me fais rire comme personne d'autre. « L'étincelle »... Ha ! Ha ! Ha ! J'adore ça !

Et soudain, Méduse ressentit elle-même une étincelle d'un autre type. Une étincelle de joie mêlée à de la sympathie, et qui signifiait un béguin. Pas un super béguin... pas encore. Mais un béguin, c'était certain.

— Merci. Je crois, dit-elle nonchalamment en tenant de repousser ce sentiment.

Elle n'était pas encore prête à avoir le cœur brisé encore une fois.

Toc, toc, toc!

Méduse s'assit dans son lit. C'était le matin suivant, et quelqu'un cognait à sa porte.

— Allez-vous-en! cria-t-elle par habitude.

— Ouvre! répondit Athéna en criant elle aussi.

— Ouais! Allez, ouvre! dit Aphrodite.

Méduse fronça les sourcils. Que pouvaient-elles bien lui vouloir? Ses yeux se posèrent sur la corbeille. Depuis que sa collection de souvenirs de

Poséidon n'était plus sur le mur, il n'y avait pas de mal à les laisser entrer, supposa-t-elle. Mais en allant ouvrir la porte, elle mit la corbeille à papier dans son placard, par mesure de sécurité. Elle mourrait de honte si Athéna et Aphrodite voyaient tout ce bazar sur son super béguin!

— Regarde! dit Athéna, dansant presque d'excitation en s'engouffrant dans sa chambre. Tu es dans *La Presse de Grèce*!

Et elle tenait le rouleau de nouvelles ouvert afin qu'elles puissent toutes le voir. Méduse fixait les grands titres.

— «Zeus doit se marier en grande pompe à Héra aujourd'hui à midi»? lut-elle, ne comprenant pas.

— Non, pas ce titre-là, dit Aphrodite. Ici, ajouta-t-elle en montrant un autre article un peu plus bas.

— Oh! fit Méduse en retenant son souffle.

Juste sous l'article à propos du mariage, il y avait une grande esquisse dramatique illustrant le sauvetage d'Andromède! Et la nouvelle au sujet de la compétition de natation de Poséidon était tout en bas dans un coin, et il n'y avait qu'une petite image de lui et de la nymphe qui avait gagné.

— Ce n'est pas tout le monde qui fait la première page de *La Presse de Grèce*! s'exclama Aphrodite.

— Épique, dit Méduse, rayonnante.

Athéna balaya la pièce du regard.

— Tu veux l'accrocher sur ton babillard ? On dirait qu'il y a amplement de place pour l'y mettre.

Méduse hocha la tête. S'agenouillant sur le lit libre, elle y fixa le rouleau de nouvelles. Cela remplit une partie de l'espace laissé par les souvenirs de Poséidon qu'elle venait d'enlever. Elles le regardèrent toutes les trois pendant quelques secondes, admiratives.

En fin de compte, Aphrodite donna un coup de coude à Athéna.

— Viens. Il faut qu'on se prépare pour le mariage !

Et elle se dirigea vers la porte, mais Athéna resta derrière un instant.

— Mon père et moi, nous avons choisi ensemble des décorations à la boutique d'Héra vendredi, dit-elle à Méduse. Et il m'a dit que tu lui avais conseillé de me demander de l'aider.

— Il te l'a dit ?

Méduse grimaça, se préparant à essuyer le mécontentement d'Athéna pour être intervenue.

— Ha ! dit Athéna en faisant un sourire de côté. J'avais bien deviné !

— Alors, tu n'es pas fâchée que je m'en sois mêlée ? dit Méduse en la regardant avec incertitude.

— Non, ça va, continua Athéna. Il ne m'a pas vraiment dit que c'était ton idée, il croyait que ça venait de lui. Mais moi, j'avais le pressentiment que…

— Alors, comment ça s'est passé ? l'interrompit Méduse.

Athéna fit un grand sourire, semblant beaucoup plus légère qu'elle ne l'avait été toute la semaine. Nous avons eu une bonne conversation, et j'ai même pu passer du temps avec Héra pendant que nous choisissions les décorations. Alors, merci. Tu m'as en quelque sorte aidée à briser la glace entre nous tous.

— Vraiment ?

— Vraiment.

Aphrodite rentra la tête dans la chambre.

— Désolée, dit-elle à Athéna. Je croyais que tu me suivais.

Méduse se demanda ce qu'elle avait entendu de leur conversation.

Les deux déesses échangèrent des regards, et un message silencieux passa entre elles. Lorsqu'Aphrodite hocha la tête, Athéna se retourna vers Méduse.

— Écoute, nous avons promis à Perséphone et à sa mère de les aider à arranger les fleurs avant le mariage. Tu veux venir avec nous ?

Méduse fut sur le point de refuser. Elle avait de l'étude à faire, comme toujours. Et de plus, peut-être qu'Athéna ne le lui offrait que parce qu'elle pensait lui devoir quelque chose pour l'avoir aidée au sujet de son père. Mais elle repensa aux dames en gris et à leurs conseils au sujet de la confiance, des nouveaux amis et de la gentillesse. Peut-être leurs suggestions n'étaient-elles pas aussi nulles qu'elle l'avait d'abord cru. Et peut-être pourrait-elle prendre une journée de congé d'étude, pour une fois.

— D'accord. Je crois que je m'en tirerai bien avec les fleurs, dit-elle enfin. Après tout, ajouta-t-elle en tendant les mains, j'ai deux pouces verts !

Et lorsque les déesses se mirent à rire, elle rit avec elles. Dionysos avait raison, pensa Méduse. Elle était hilarante !

— Habille-toi et viens nous rejoindre dans ma chambre, lui dit Aphrodite.

Nous devons aller chercher nos robes de demoiselles d'honneur pour nous changer plus tard dans le vestiaire du gymnase juste avant le mariage.

Méduse s'habilla rapidement, enfilant son plus beau chiton vert émeraude avec des sandales assorties. Quelques minutes plus tard, Athéna, Aphrodite et elle traversaient la cour. Sthéno et Euryale étaient assises à l'extérieur sur l'un des bancs en marbre, lisant *La Presse de Grèce*. Lorsque Méduse passa devant elles, elles levèrent les yeux, l'air soufflé que leur sœur, une simple mortelle, ait fait les manchettes. Et à l'instant même, elle était là devant elles, en compagnie de deux des déesses les plus populaires de l'AMO!

Méduse se contenta de sourire sereinement et d'agiter ses doigts pour leur faire un petit salut. Et si elle ne se trompait pas, le visage de ses sœurs avait légèrement viré au jaune. C'était comme ça qu'on se sentait lorsqu'on était populaire? Si c'était le cas, elle adorait ça!

12

Le cadeau de mariage

Lorsque Méduse, Athéna et Aphrodite pénétrèrent dans le gymnase, elles furent toutes les trois bouche bée de voir la transformation.

— C'est le paradis enchanté du mariage, roucoula Aphrodite.

Puisqu'elle était la déesse de l'amour, ses louanges pour le mariage étaient souvent exagérées. Mais dans le cas présent, elle avait raison. Tout était si magnifique !

Le bâtiment du gymnase, qui était circulaire, avait été décoré pour ressembler à un gâteau de mariage gigantesque. Des volutes de plâtre blanc imitant le glaçage mousseux couvraient les murs. On avait sculpté ça et là des cœurs roses et des rosettes orange. L'ouverture circulaire dans le plafond révélait un ciel bleu vif parsemé de gais petits nuages blancs.

Au centre du plancher du gymnase, sur une scène surélevée, se tenait une arche de mariage de plus de trois mètres de hauteur drapée de festons de tulle blanc. Les deux déesses soupirèrent en chœur en la voyant. Même Méduse, qui se moquait généralement de tout ce qui était froufrous, ne put s'empêcher d'être impressionnée. Au-dessus de l'arche et sur les deux côtés, le tulle était froncé et attaché au moyen de rubans torsadés et de fleurs d'oranger odorantes. Zeus et Héra se tiendraient sous l'arche lorsqu'ils échangeraient leurs vœux de mariage.

Des rangées de chaises blanches avaient été alignées de chaque côté d'une seule allée qui menait de la porte du gymnase jusqu'à la scène. Derrière les chaises, les gradins avaient été remplacés par des dizaines de tables recouvertes de nappes blanches drapées. Un arrangement floral élaboré avait été posé au centre de chaque table, chacun surmonté d'un éclair décoratif scintillant qui avait été planté savamment au centre des fleurs pour un effet tout à fait artistique. Apercevant Perséphone et sa mère occupées à construire d'autres centres de tables pour les tables encore vides, les trois filles allèrent les rejoindre pour les aider.

Pendant qu'elles travaillaient, les premiers invités commencèrent à arriver. Artémis était parmi eux, ainsi que la plupart des petits protégés de la maternelle. Méduse tira ses lunettes antipierre de sa poche et les enfila. Elle se hérissa en voyant que Persée portait toujours son bouclier jouet sur lequel il y avait ce portrait si gênant de son visage. Et elle essaya de ne pas remarquer les longues tables disposées d'un côté de la pièce et qui crouleraient bientôt de fabuleux cadeaux de mariage, dont aucun ne serait de sa part à elle.

Juste au moment où les filles finirent de poser le dernier centre de table, des cors semblables à une trompette et appelés salpinx se mirent à claironner. Le héraut de l'AMO et plusieurs musiciens étaient venus s'installer sur les marches menant à la scène. À ce signal, tout le monde se précipita vers les chaises, de part et d'autre de l'allée.

— À plus tard, dit Perséphone à sa mère.

Athéna, Aphrodite et elle détalèrent pour aller enfiler leurs robes de demoiselles d'honneur. Méduse alla se trouver une bonne place.

Quelques minutes plus tard, les cors résonnèrent de nouveau. Zeus apparut et traversa la scène, puis il alla se poster sous l'arche. Il portait les couleurs officielles de l'AMO, une tunique dorée avec une cape fluide or et bleu, et il se tenait debout et attendait, regardant en direction de la porte, au bout de la longue allée libre.

Les musiciens invités qui étaient assis juste derrière la scène se mirent à jouer doucement. Le groupe de Dionysos, la Voûte céleste, ne pouvait pas jouer, parce que la plupart des membres du groupe étaient aussi des garçons d'honneur pour l'occasion. Mais Méduse reconnut l'une de leurs chansons intitulée *Je promets*.

Elle ne put s'empêcher d'être émerveillée à mesure que chaque couple de garçon et demoiselle d'honneur s'avançait dans l'allée côte à côte, marchant lentement et cérémonieusement. Elle se sentait mélancolique, aussi. Après tout, elle avait espéré elle aussi participer à cette cérémonie ! Aphrodite et Arès venaient les premiers, suivis de

Perséphone et Hadès, puis d'Athéna et Héraclès. Les trois jeunes déesses étaient magnifiques dans leur long chiton blanc, leurs roses orange dans les cheveux et des sandales dorées à leurs pieds mignons.

Elle jeta un coup d'œil à Artémis, assise une rangée devant elle avec son petit ami, Actéon. Bien qu'elle fût la seule des quatre amies à ne pas participer à la cérémonie, elle ne semblait pas du tout s'en formaliser. En fait, si Méduse ne se trompait pas, pendant que les yeux de tous étaient rivés sur la cérémonie, elle affûtait en cachette sur ses genoux l'une de ses flèches au moyen d'un couteau de table !

Dionysos et la petite Andromède formaient le sixième couple de sept. Lorsqu'ils passèrent près de Méduse, Andromède lui envoya la main, sautillante d'excitation. Elle était adorable dans son chiton de dentelle blanche avec des fleurs entrelacées dans ses cheveux. En voyant Méduse, Dionysos lui fit un sourire, et son cœur lui sembla plus léger.

— Oooh, ce Dionysos est si mignon, entendit-elle murmurer une fille à son amie derrière elle.

— Chut ! fit-elle en se retournant vers la fille et en lui jetant un regard mauvais pendant que ses serpents sifflaient.

Se taisant sur-le-champ, la fille fit un petit signe de tête en jetant des regards inquiets aux cheveux ondoyants de Méduse.

Celle-ci renifla d'un air supérieur et se retourna vers l'avant. Cette fille avait raison, cependant. Dionysos était vraiment mignon, dans sa tunique blanche et ses sandales neuves. Si mignon en effet qu'elle remarqua à peine que Poséidon et sa partenaire venaient ensuite.

Étrange comment les choses se déroulaient parfois. Elle était contente que le rêve d'Andromède de participer au mariage se soit concrétisé, mais aussi un peu triste que ce ne fût pas le cas pour le sien. Elle ne deviendrait probablement jamais immortelle. Mais en regardant le bon côté des choses, elle était devenue un peu plus populaire, elle ne se languissait plus de Poséidon et elle commençait même à se faire de nouveaux amis. Alors en fin de compte, peut-être n'était-ce pas trop mal !

La musique devint subtilement plus dramatique. Tous les yeux se tournèrent vers Héra qui avançait seule dans l'allée, portant un chiton doré qui effleurait le sol, avec une traîne chatoyante qui s'étirait jusqu'à trois mètres derrière elle. Elle portait de longs gants assortis, ainsi qu'un diadème d'or tout simple sur ses cheveux blonds qui avaient été coiffés de manière sophistiquée. Le doux parfum de son bouquet de lys, de fleurs d'oranger et de roses rose pâle persistait derrière elle pendant qu'elle continuait à monter l'allée, puis les marches de la scène, pour aller se placer près de Zeus qui souriait à pleines dents.

Se tournant pour se mettre face à elle, Zeus prit la main d'Héra et commença à prononcer ses vœux d'une voix si tonitruante que certains invités se couvrirent discrètement les oreilles.

— Moi, Zeus, je promets de t'aimer et de t'adorer pour toujours et jusqu'à la fin des temps, même si tu insistes pour continuer à travailler! Mais que tout le monde ici présent sache que tu continues à travailler uniquement parce que tu aimes ton travail et non parce que je suis pauvre ou que je suis une mauviette ou quoi que ce soit d'autre. Après tout, lorsqu'on regarde ce fantastique mariage que tu as organisé ici aujourd'hui, on voit que de toute évidence tu es très douée !

Héra lui sourit, puis elle ouvrit la bouche pour prononcer ses propres vœux d'une voix plus douce.

— Et moi, Héra, je promets de t'aimer et de t'adorer pour toujours et jusqu'à la fin des temps, et de ne jamais me plaindre des marques de roussi sur les coussins des fauteuils ni des trous laissés par les éclairs dans les murs.

Le sourire de Zeus s'élargit davantage.

Puis le héraut vint se placer derrière eux, et face à l'auditoire.

— Si quelqu'un a quelque raison que ce soit de s'opposer à ce mariage, qu'il parle maintenant ou se taise à jamais.

Zeus se retourna pour regarder les invités, ses yeux étincelants défiant quiconque d'ouvrir la bouche. La salle devint totalement silencieuse.

Bzzzz bzzzz.

Entendant ce bourdonnement soudain, tout le monde leva les yeux pour voir une mouche entrer dans le gymnase par le plafond ouvert. Tous retinrent leur souffle. Méduse jeta un coup d'œil à Athéna sur la scène, se demandant s'il s'agissait de Métis, sa mère, qui venait ruiner le mariage de Zeus. Mais la mouche repartit joyeusement aussi vite qu'elle était venue, en bourdonnant, et tout le monde poussa un soupir de soulagement.

— Voilà ! tonna de nouveau la voix de Zeus. Par les pouvoirs qui me sont confiés, par moi, je me prononce moi-même toujours roi des dieux et maître des cieux.

Puis il regarda Héra et sa voix s'adoucit.

— Et je prononce Héra reine des dieux et maîtresse adjointe des cieux. Et aussi, belle-mère de ma fille préférée de tous les temps !

Il la chercha du regard. Et la trouvant, il la souleva dans les airs en la serrant très fort dans ses bras et l'emmena le rejoindre, lui et sa belle-mère sous l'arche. Puis il se pencha en avant et fit un gros baiser à Héra.

— Quel mariage génial ! rugit Zeus en souriant à la foule.

Une grande exclamation s'éleva lorsque des centaines d'inséparables s'envolèrent dans les airs pour former les mots Zeus et Héra au milieu d'un cœur. (Le cadeau de mariage magique d'Aphrodite.) Puis les oiseaux se dispersèrent en répandant des confettis brillants sur tous les invités. Les serpents de Méduse en attrapèrent en claquant la bouche, et semblèrent déçus lorsqu'ils se rendirent compte qu'il ne s'agissait pas de pois secs.

Lorsque Zeus et Héra descendirent de la scène, celle-ci se rétracta immédiatement pour révéler le bassin en forme de cœur rempli de fleurs dans la grotte qui se trouvait dessous. D'une fontaine en son centre, l'eau commença à gicler haut dans les airs, formant des motifs complexes. L'œuvre de Poséidon, bien sûr. Il avait beau être superficiel sur le plan personnel, Méduse ne pouvait cependant nier que son talent avec les choses aquatiques avait beaucoup de profondeur !

Les nouveaux mariés commencèrent à couper le gâteau de mariage, qui était presque aussi haut que Zeus lui-même. Les inséparables aux couleurs vives apportaient à chaque table de nombreuses petites assiettes de gâteau au délicieux parfum d'ambroisie. Cependant, les invités eurent à peine le temps de le goûter avant que Zeus ne déclare :

— Commençons à ouvrir les cadeaux !

Héra et lui prirent place chacun sur son trône, qui étaient apparus par magie du ciel pour venir se placer devant la fontaine. Zeus était aussi excité qu'un petit enfant à une fête d'anniversaire, le sourire fendu jusqu'aux oreilles chaque fois qu'il ouvrait un cadeau, avant de le mettre de côté pour tendre la main vers le suivant. Mais lorsqu'il déballa un éclair magique, cadeau d'Athéna, Méduse sut que c'était son présent préféré jusque-là, parce qu'il décida de l'essayer sur-le-champ.

— Comment ce truc fonctionne-t-il ?

Il le secoua, puis l'examina de près d'un bout à l'autre. Lorsqu'il se leva et qu'il prit son élan pour le lancer de toutes ses forces, tout le monde se mit à couvert. Heureusement, il visait l'ouverture dans la toiture.

Mais malheureusement, au lieu de partir vers l'extérieur du gymnase, l'éclair fit une boucle sur lui-même et s'en alla plutôt vers la table de Persée située près du bassin. Vaillamment, le petit garçon brandit son bouclier, tentant de l'arrêter. Mais l'éclair transperça le bouclier, poignardant l'image de Méduse au cou et fendant le bouclier en deux.

Pardieu! La main de Méduse se porta automatiquement à sa propre gorge et elle déglutit. Surpris, Persée laissa tomber le bouclier brisé et les deux moitiés dégringolèrent dans le bassin. Presque immédiatement, l'eau se mit à gargouiller et à bouillonner.

Woush ! En projetant des éclabous-
sures vers le haut, un petit flamboiement
de blanc et d'or fut projeté hors de la piscine. Tout le monde eut le souffle coupé
alors que la flamme s'élevait vers le toit,
devenant de plus en plus grande, pour se
transformer enfin en un cheval blanc
grandeur nature avec de puissantes ailes
dorées. Celui-ci attrapa l'éclair désobéis-
sant dans ses dents et le renvoya à un
Zeus, enchanté.

— Pégase ? Méduse entendit-elle
murmurer autour d'elle.

Elle leva les sourcils. Elle avait toujours pensé que ce cheval magique n'était
qu'un mythe ! À en juger par les chuchotements d'excitation qui se répandaient

dans la pièce, c'est ce que pensaient aussi la plupart des invités du mariage. Elle ne savait pas trop quelle combinaison de magie l'avait délivré de sa breloque, mais elle était certaine que c'était de là qu'il provenait. Mais peu importe la manière dont c'était arrivé, elle était aussi contente que Zeus de voir le magnifique cheval ailé prendre vie.

L'artiste de *La Presse de Grèce* courut vers la scène tout en dessinant. Pas de doute que l'histoire de ce mariage exceptionnel remplirait une édition spéciale complète du rouleau de nouvelles du lendemain. Et l'arrivée inopinée du mythique Pégase était la cerise sur le gâteau de mariage!

— Wowza! Un authentique porte-éclairs bien vivant. De ceux qui vont chercher les éclairs en courant pour les rapporter. Quel cadeau merveilleux! tonna Zeus en lissant la crinière du cheval. Et c'est de la part de qui? ajouta-t-il en laissant courir son regard sur la foule.

Méduse ne dit rien. Elle aurait menti si elle avait prétendu avoir acheté le cheval pour Zeus et Héra. Elle n'avait acheté qu'un collier. Pour elle-même. Bien sûr, elle avait espéré qu'il ait des pouvoirs magiques, et elle y avait cru, mais ils ne s'étaient pas manifestés de la manière qu'elle l'avait prévue.

Lorsque personne ne s'avança, les ailes du cheval se mirent à battre de nouveau. Il fit une fois le tour du plafond voûté, puis revint directement vers Méduse. Se posant délicatement devant elle, Pégase lui toucha la joue de ses naseaux. Il était véritablement un cadeau magique digne d'un roi, exactement comme elle l'avait souhaité la veille. Remarquant quelque chose qui scintillait sur l'une de ses ailes, elle regarda de plus près. C'était la chaîne d'or de son collier, qui était pris dans les plumes de l'aile! Délicatement, elle la défit et la retira.

— Toi! Avance-toi! lui lança Zeus. Tu dois être récompensée pour ce cadeau fabuleux.

— Mais je n'ai pas… commença à dire Méduse.

Et avant qu'elle puisse continuer, Pégase toucha son bras de son museau, puis fit un signe de tête du côté de Zeus. C'était comme s'il lui disait de s'avancer pour aller réclamer la récompense ! Mettant la chaîne sans sa poche, elle se leva et marcha en direction des trônes. Derrière elle, les petits de la maternelle se mirent à entourer le cheval, montant sur des chaises pour flatter son museau et sa crinière.

— Eh bien, mortelle, quelle récompense choisis-tu ? lui demanda Zeus lorsque Méduse arriva devant lui.

Elle n'eut pas à y réfléchir bien long-temps, pas même une demi-seconde.

— Je choisis l'immortalité ! répondit-elle d'une voix claire.

— Accordé ! déclara Zeus aussi rapidement. Je proclame par la présente déclaration que demain, pendant une journée complète, tu seras immortelle.

— Je n'obtiens qu'une minable petite journée ? dit Méduse en battant des paupières.

— Il y a un problème ? lui demanda Zeus en levant un sourcil roux broussailleux.

— À cheval donné, on ne regarde pas la bride, entendit-elle Athéna lui murmurer à côté d'elle.

Ha! pensa-t-elle. Le vrai cheval donné en cadeau, c'était Pégase. Mais se rappelant qu'Athéna était la déesse de la sagesse, Méduse décida sagement de suivre son conseil.

— D'accord. J'accepte, dit-elle au directeur Zeus.

Une journée, c'était mieux que rien du tout, après tout!

Les musiciens entamèrent alors une chanson et Héra et Zeus se mirent en route vers la piste de danse. Héra devait avoir fait suivre des cours de danse à Zeus avant le mariage, parce qu'il n'avait pas l'air aussi ridicule que d'habitude. Les autres fois où Méduse l'avait vu danser, il sautillait partout comme une marionnette au bout de ses ficelles, esquissant ce que l'on ne pouvait décrire avec une grande générosité comme étant un mélange de ska, de tango et de twist. Peu de temps après, les invités, jeunes et vieux, se mirent à danser eux aussi. Et Pégase commença à faire faire des tours aux enfants, décrivant des boucles au-dessus des danseurs.

— Viens, dit Aphrodite en touchant le bras de Méduse. Viens. Quelques-unes d'entre nous vont danser.

Méduse la suivit sur la piste de danse, et se retrouva à côté de Dionysos, qui était avec la petite Andromède.

— Est-ce que tu m'as vue au mariage ? lui demanda Andromède, l'air excité.

— Han, han! dit Méduse en hochant la tête. Bon travail!

— Tu veux te joindre à nous? dit Dionysos en lui souriant, ce qui fit apparaître ses fossettes.

— Bien sûr.

Méduse tendit la main et il la prit de sa main libre.

Manœuvrant avec les deux filles, il les faisait tourbillonner d'une manière experte. Une minute plus tard, Andromède les quitta en courant pour aller faire un tour sur le dos de Pégase. Artémis et Actéon semblaient avoir beaucoup de plaisir à organiser les tours et aider les enfants à monter sur le cheval magique.

Certains des autres jeunes dieux étaient eux aussi en train de danser : Arès avec Aphrodite, Héraclès avec Athéna et Hadès avec Perséphone. Soudain, la musique changea et une musique lente commença.

Sans manquer une seule mesure, Dionysos attira Méduse près de lui. Lorsqu'il mit une main sur sa hanche et prit son autre main, elle ne s'opposa pas. Tout ça, c'était en train de devenir la plus belle journée de sa vie ! Et comme elle tourbillonnait sur le plancher de danse, quelqu'un cria :

— Hé ! Héra va lancer son bouquet.

S'éloignant de Dionysos, Méduse surveilla Héra qui lança son bouquet vers un groupe de filles. Les yeux rivés sur le bouquet, Méduse sauta par-dessus des chaises, les faisant tomber, et se fraya un chemin parmi la foule. Puis elle fit un plongeon spectaculaire en direction du bouquet. L'attrapant dans les airs, elle tomba au sol, tenant le bouquet bien serré sur sa poitrine.

« Ouais ! Victoire ! »

Il y eut un moment de silence et de stupeur. S'asseyant, Méduse prit conscience qu'elle venait probablement de faire une folle d'elle-même. Mais elle avait désiré si fort avoir son propre bouquet pour se souvenir de cette journée magique. Celui-ci irait sur son babillard sans aucun doute.

Le silence fut brisé lorsqu'Aphrodite et Athéna levèrent un poing au ciel en criant :

— Yahou ! Bravo, Méduse !

D'où elles se tenaient, non loin, Artémis et Perséphone se joignirent à elles. Et soudainement, d'autres invités se mirent à l'acclamer aussi.

— Bien attrapé, verte fille, dit Dionysos en apparaissant à côté d'elle pour l'aider à se relever.

Une autre chanson lente commença, et ils se remirent à danser ensemble. Méduse tenait le bouquet à la main, près de l'épaule de son cavalier. Et lorsque ses serpents se mirent à grignoter les fleurs, elle fut heureuse de constater qu'il ne semblait pas le moins du monde dérangé par ceux-ci. Elle ne l'en aima que davantage.

Une semaine auparavant, elle n'aurait jamais pu imaginer, ni même rêver avoir autant de plaisir que ce soir. Mais maintenant, elle savait que les rêves les plus irréalistes, voire impossibles, pouvaient se réaliser, mais peut-être pas toujours de la manière que vous aviez imaginée. Mais c'était bien, pourtant, parce que parfois, c'était encore mieux que ce que vous aviez imaginé. Comme un béguin se nommant Dionysos au lieu d'un autre du nom de Poséidon. Ou un inimaginable cadeau génial pour le roi des dieux. Ou la chance d'être immortelle, ne serait-ce que pour une journée.

Poussant un soupir de bonheur, elle se mit à imaginer de quoi pourrait être fait le lendemain. Et lentement, un nouvel épisode de *La reine de la haine* se mit à tournoyer dans son esprit.

La reine de la haine (épisode n° 25)
Immortelle pour un jour !

Dans cet épisode, la reine de la haine devient une jeune déesse pendant toute une journée. Soudainement, elle peut faire voler les sandales magiques sans aide. Elle les noue alors à ses chevilles et tourbillonne au-dessus de la cour, faisant des sauts périlleux et des pirouettes dans les airs que personne de l'AMO n'avait jamais vus auparavant!

Puis la reine file à la maison, en Grèce, pour utiliser ses incroyables pouvoirs pour combattre le mal. (Et aussi pour en faire étalage, bien entendu!) Lorsqu'elle arrive là-bas, un gardien de troupeaux de phoques nommé Protée terrorise ses pauvres parents. Pas de problèmes! Elle sort brusquement son fromage magique et crie :

— Gorgonzola!

Et pouf! Protée est pulvérisé.

— Merci de nous avoir sauvés, reine de la haine, lui dit sa mère un peu plus tard. Tu assures vraiment!

Son père grogne d'un grognement joyeux pour une fois, lui aussi.

Et, devinez quoi ? Il se trouve qu'ils accrochent même un portrait de la reine à leur mur, plus grand que tous ceux de ses sœurs.

Lorsque la reine revient à l'Académie du mont Olympe ce soir-là, elle est épuisée d'avoir combattu le crime. Mais les quatre déesses les plus populaires de l'AMO, Athéna, Perséphone, Aphrodite et Artémis, la supplient de venir avec elles au marché surnaturel. Et bien entendu, elle y va ! Et ce mignon jeune dieu, Dionysos, s'y trouve lui aussi comme par hasard. Et il lui a réservé une place à côté de lui.

Plus tard, la reine fait une dernière chose avant que son épique journée en tant qu'immortelle ne s'achève. Elle demande au jeune dieu des forges, Héphaïstos, de lui fabriquer une nouvelle breloque étincelante pour la mettre à la chaîne de son collier d'immortalisation. Pas une breloque figurant les lettres « ADS » comme elle l'avait si souvent souhaité. Non, la sienne est une breloque unique en son genre et très spéciale. Une breloque figurant les lettres « RH ».

Et elle seule ne saura jamais ce que cela signifie ! Ha ! Ha ! Ha !

À propos des auteures

JOAN HOLUB est l'auteure primée de plus de 125 livres pour les jeunes, notamment de *Shampoodle*, *Knuckleheads*, *Groundhog Weather School*, *Why Do Dogs Bark?* et de la série Doll Hospital. Des quatre déesses, celle à qui elle ressemble le plus est sans doute Athéna, car comme elle, elle adore imaginer de nouvelles idées… de livres. Mais elle est contente que son père n'ait jamais été le directeur de son école!

Visite son site Internet, au www.joanholub.com.

SUZANNE WILLIAMS est l'auteure primée de près de 30 livres pour enfants, dont *Library Lil*, *Mommy doesn't Know My Name*, *My Dog Never Says Please*, et des séries Princess Power et Fairy Blossoms.

Son mari dit qu'elle est la déesse des questions assommantes (la plupart au sujet des comportements bizarres de son ordinateur). Ce qui la fait ressembler un peu à Pandore, sauf que Pandore n'a jamais eu à composer avec les problèmes d'ordinateur. Comme Perséphone, elle adore les fleurs, mais elle n'a pas le pouce vert comme elle. Suzanne vit à Renton, dans l'État de Washington.

Visite son site Internet, au www.suzanne-williams.com.